Wioletta Greg

Unreife Früchte

Wioletta Greg

Unreife Früchte

Roman

Aus dem Polnischen
von Renate Schmidgall

C.H.Beck

Titel der polnischen Originalausgabe: Guguly
erschienen bei Czarne, Wołowiec

Für die deutsche Ausgabe

Satz: Fotosatz Amann, Memmingen
Druck und Bindung: CPI – Ebner & Spiegel, Ulm
Umschlaggestaltung: Rothfos & Gabler
Umschlagabbildung: Mädchen beim Handstand auf einer Dorfstraße
(Brandenburg, DDR). – Foto, 1987. Aus der Serie: Bilder aus Beerfelde,
© Joachim Richau/akg-images
Gedruckt auf alterungsbeständigem, säurefreiem Papier
(hergestellt aus chlorfrei gebleichtem Zellstoff)
Printed in Germany
ISBN 978 3 406 71883 0

www.chbeck.de

Inhaltsverzeichnis

Das Kirmesmädchen

Am Fenster unseres aus Stein gemauerten Hauses hing fast zwei Jahre lang eine kleine Taufdecke, geschmückt mit Immergrün und vergilbtem Asparagus. Die Decke verlockte mich mit einem Röschen in der Mitte, und ich hätte sie gern für mein Puppenbett benutzt, aber Mutter erlaubte mir nicht, ihr zu nahe zu kommen.

«Fass das Deckchen nicht an, Loletka, es ist ein Andenken, wir nehmen es ab, wenn Papa wiederkommt», sagte sie. Und einer Freundin aus der Nachbarschaft, die für einen Moment – das heißt für zwei Stunden – vorbeischneite, erzählte sie, wie ihr einen Monat nach der Verhaftung meines Vaters wegen Fahnenflucht und zwei Wochen vor dem Entbindungstermin eine Arbeit in der Baufabrik zugewiesen worden war. Dort musste sie im Rahmen des neuen Fünfjahresplans in einer Brigade von einem Dutzend Arbeiterinnen Gehwegplatten und Pflastersteine herstellen, damit die Gemeinde rechtzeitig neue Plätze vor den Amtsgebäuden, Schulen und Gesundheitszentren bauen konnte. Mutter hielt die Arbeit im Frost schließlich nicht mehr aus, versteckte sich hinter dem Betonmischer, und nachdem das Fruchtwasser in einen Eimer mit Kalk gelaufen war, fuhr man sie in den Kreißsaal.

Es war Februar, als sie mich nach Hause brachte. Sie hatte immer noch Nachblutungen, legte sich aufs Bett, wickelte das nach Schleim und Urin stinkende Päckchen aus, um zu sehen, ob ich heil war, rieb den Stumpf meiner Nabelschnur mit Enzian ein, band mir ein rotes Bändchen gegen bösen Zauber ums Handgelenk und schlief für ein paar Stunden ein. Es war die Art von Schlaf, während dessen der Mensch entscheidet, ob er geht oder noch einmal zurückkehrt.

Papa war immer noch nicht da. In einer Schuhschachtel vermehrten sich seine Briefe, die er mit Zeichnungen von Tieren und Pflanzen verziert hatte, die Blätter im Kalender nahmen ab, und nur noch ein dünner Stapel Tage trennte uns vom Jahresende. Weitere Monate vergingen. In der Diele schlüpften die Küken der Ente, Mama brachte sie zusammen mit der Entenmutter in den Schweinestall, von dort hatten sie es nicht weit in den Hof zu einem in der Mitte durchgeschnittenen Reifen, der mit Wasser gefüllt war. Großvater fing an, neue Fensterläden für den Dachboden und Kufen für mein Schaukelpferd zu hobeln. Großmutter flocht aus Bast farbige Hähne. Zwischen den Fensterrahmen erwachten die Fliegen. Als das Taufdeckchen ausgebleicht und die Blättchen des Immergrüns auf den Fenstersims gefallen waren, kam ein hagerer Mann mit gelocktem Haar und einem kleinen Schnurrbart zu uns ins Haus. Als er mich sah, weinte er den ganzen Tag, und er beruhigte sich erst wieder, als Polen in der Fußball-Weltmeisterschaft zu spielen begann.

Im Juni fuhren wir auf die Kirchweih zur Basilika des heiligen Antonius. Die Prozession begann. Aus der Kirche kam der Priester, hinter ihm bestickte Fahnen und als Prinzessinnen verkleidete Damen, die aus Stroh geflochtene Lämmer und Kränze trugen. Die Kommunionsmädchen schütteten ihnen

Lupinenblüten vor die Füße. Ich schaute wie gebannt – und als Mutter in ihrem Täschchen nach Kleingeld für die Kollekte suchte, ließ ich ihre Hand los und lief der Prozession nach, als wäre sie ein Königsgefolge. Erst an einem Stand mit einem aufgeblasenen silbernen Wal blieb ich stehen. Der Wal konnte nicht in die Wolken davonfliegen. Die Sonne hielt ihn in violetten und roten Kreisen gefangen, sie blendete mich und brannte auf den Wangen. Vergoldete Menschen verschwanden zwischen Autos und Fuhrwerken und hinterließen lange Schatten auf einer Mauer.

Unter einem Baum stand ein Lama mit räudigem Fell. Aus seinem Maul tropfte Speichel. Leute näherten sich, warfen Geld in eine Büchse, die mit einer Kette am Zaun befestigt war, und setzten Kinder auf den Rücken des Tieres, auf dem eine gemusterte Decke lag; ein Herr mit Strohhut knipste sie mit einem schlauen Apparat, der sofort die Abzüge ausspuckte. Das Lama schaute traurig unter den langen Wimpern hervor. In seinen Augen drehten sich abgebrannte Blitzbirnchen. Ich wollte seine zerfranste Mähne streicheln, aber in diesem Moment schoss jemand aus einer Spielzeugpistole. Das erschrockene Lama machte einen Sprung, und ich flüchtete unter den nächstgelegenen, mit Wachstuch bedeckten Stand. Draußen raschelte Verpackungsfolie, Trompeten, Pfeifen, aufgezogene Spieldosen und Mundharmonikas ertönten. Ich hielt mir die Ohren zu und saß unter dem Stand, von dem Wachstuch tropfte Himbeersaft direkt auf mein neues Kleid.

Um meine Zöpfe herum begannen Wespen zu kreisen wie gestreifte Piranhas, sie tranken den Saft aus den Röschen des Musters auf meinem Kleid und wurden immer größer. Eines der Ungetüme setzte sich auf meinen Kopf und brummte mir ins Ohr. Ich legte mich auf die trockene Erde und weinte: «Mama, Mama! Die Wespen wollen mich entführen!» Aber Mama war nicht da.

Das Wachstuch schob sich zur Seite, der Herr mit dem Schnurrbart erschien.

«Hier bist du, mein ...» Er zog mich unter dem Stand hervor und nahm mich in den Arm. «Mein Kirmesmädchen, wie kommst du denn hierher? Ich hab dich überall gesucht.»

«Lass los, Papa, lass los!», kreischte ich fröhlich und wischte heimlich meine verrotzte Nase am Revers seines Jacketts ab. Der Herr mit dem Schnurrbart, wahrscheinlich glücklich, dass ich ihn zum ersten Mal Papa genannt hatte, hob mich hoch und wirbelte mich durch die Luft. Ich kniff die Augen zusammen und lachte laut. Die Sonne stach auf die Wespen ein, sie schrumpften auf ihre normale Größe und flogen durch die violetten und roten Kreise davon. Das Licht kitzelte mich wie das Wasser während des Bades im Zuber auf dem Hof. Ich war hungrig geworden und begann auf dem Gürtel meines Kleides herumzukauen. Aus der dunklen Nische der Haltestelle neigte sich mir Mamas Kopf entgegen, um den eine Schnur von Brezeln hing.

Die Jesus-Tombola

Trotz Mamas Verbot begann ich, mit Blacky zusammen zu schlafen. Blacky roch nach Heu und Milch und hatte auf dem Hals eine schneeweiße Karte von Afrika. Er kam nachts zu mir, legte sich auf das Federbett, schnurrte und bewegte die Pfoten, als wollte er einen Hefeteig kneten. Seit ich ihn auf dem Dachboden gefunden hatte, lebte ich mit ihm in einer seltsamen Symbiose: Ich trug ihn wie einen Säugling in meinem Pullover, ich stibitzte für ihn die Sahne aus der Kredenz, und sonntags gab ich ihm mein Flügelchen aus der Hühnersuppe ab.

Den ganzen Sommer strich ich mit ihm durch die Felder. Blacky zeigte mir eine andere Geometrie der Welt, eine, in der nicht die mit Disteln und Gänsefuß bewachsenen Raine, die gepflasterten Wege, die Zäune, die gemähten oder von Menschen ausgetrampelten Pfade die Grenzen markierten, sondern das Licht, die Geräusche und die Elemente. Mit Blacky lernte ich, in Hohlblocksteine und Heumieten zu kriechen, auf Apfel- und Kirschbäume zu klettern, in Brombeerhecken versteckte Kalksteingruben zu umgehen, Hornissennester, Moraste und Schlingen im Getreide zu meiden.

Nach Weihnachten begann Blacky, mir aus dem Weg zu gehen. Er tauchte nur noch kurz bei uns auf, legte eine halbtote Maus auf die Schwelle, als wollte er sich mit dieser Geste für seine Abwesenheit entschuldigen. Am ersten Tag der Winterferien verschwand er für immer. Ich suchte ihn unter den Zeltplanen und in den leeren Nutria-Boxen von Onkel Lolek, wo er gerne ganze Tage verschlafen hatte, aber er war nirgends zu finden.

Onkel Lolek war mein Hauptverdächtiger, was Blackys Verschwinden betraf. Er hatte sich ein paar Monate zuvor einen Sack Zucker besorgt, ihn im Schuppen hinter der Kohle versteckt, und Blacky hatte sich in diesem Zucker sein Katzenklo eingerichtet. Mit Vaters Luftgewehr bewaffnet, lief ich zu Onkel Lolek, richtete den Lauf auf ihn und sagte, er solle mir auf der Stelle Blacky zurückgeben, ich würde nicht zulassen, dass mein Kätzchen zu Pelzen und Wurst verarbeitet werde wie diese stinkenden Nutrias. Mein Onkel stand wie angewurzelt da, dann lachte er dermaßen los, dass er beinahe in das Fass mit dem Sauerkraut gefallen wäre. Aus Dankbarkeit dafür, dass ich ihn am frühen Morgen so erheitert hatte, gab er mir ein paar Bonbons.

Am nächsten Tag sprach ich im Morgengrauen den Milchmann an, der das Pferd an unserem Weg angehalten hatte und mit einem Haken die Kannen auf das Fuhrwerk zog.

«Haben Sie vielleicht Blacky gesehen?»

«Wen?»

«Meinen schwarzen Kater.»

«Oje, das hat mir noch gefehlt, dass mir heute ein schwarzer Kater über den Weg läuft, aber warte mal, an der Brücke ist so ein gescheckter rumgestrichen.»

«Nein, kein gescheckter, aber wenn Sie einen schwarzen sehen, dann geben Sie mir Bescheid.»

«Warte, Wiolitka, ich hab was für dich.» Er gab mir ein

Päckchen Vanillequark von der Genossenschaft, trieb das Pferd an und fuhr los.

Ich irrte noch etwa zwei Stunden durch Hektary, schaute in Abflussrohre und Weidengebüsch. Schließlich ging ich völlig verfroren nach Hause. Vater war von der Arbeit zurück, saß auf der Couch, hatte die kalten Füße in warmem Salzwasser und schnitzte einen Schwimmer aus Schaumstoff. Leise, damit er mich nicht bemerkte, kletterte ich über die Treppe auf den Dachboden, vergrub mich im Heu und versuchte, irgendeine Spur zu finden, die Blacky hinterlassen hatte: einen Fetzen Fell, ein Federchen, ein Stückchen Eierschale.

«Was machst du bei der Kälte da oben?!», rief Vater.

«Ich warte auf Blacky, Papa. Er ist seit drei Tagen weg.»

«Komm runter, du erfrierst ja. Wenn du willst, backen wir Kartoffeln im Aschenkasten.»

«Ich komm nicht runter, bis Blacky wieder da ist.»

«Na komm. Ich weiß, was mit ihm passiert ist.»

Ich lief die Treppe hinunter, als würde ich fliegen. Zum Glück lehnte an den untersten Sprossen ein Sack Hafer, sonst hätte ich mir im Fallen die letzten Milchzähne ausgeschlagen. Ich setzte mich in die Ecke neben den Christbaum, spielte aus Nervosität mit vertrockneten Fichtennadeln herum und wartete auf Neuigkeiten über Blacky, aber Vater schwieg. Er malte den letzten grellgelben Streifen auf den Schwimmer, legte diesen auf die *Trybuna Ludu* am Ofen und setzte sich mir gegenüber.

«Na ... Wie soll ich dir ...», begann er. «Vor drei Tagen wollte Blacky einen Fischkopf aus der Moschustierfalle ziehen und ist im Teich ertrunken», sagte er in einem Atemzug und sah mich besorgt an.

Ich legte mich auf die Couch und drehte mich mit dem Gesicht zur Strohmatte. In der folgenden Woche redete ich mit niemandem, flüsterte nur vor mich hin. Das war eigentlich nichts Ungewöhnliches, denn alle im Haus flüsterten, brummten vor sich hin oder summten ein Lied. Großmutter zum Beispiel rezitierte die Lauretanische Litanei, wenn sie über dem Küchenbrett Riebele für die Suppe machte. «Heilige Maria, Mutter soundso», flüsterten mit ihr die Wände und das Glashuhn für die Eier; «Mutter soundso, Mutter soundso», wiederholten die Wandteppiche, Spiegel, die herausquellenden Sprungfedern an der Couch, die auf vier Birkenklötzen stand; Vater summte Lieder von Elvis Presley und Gefängnisballaden, wie *Schwarzes Brot, schwarzer Kaffee,* und improvisierte auf einem Lindenblatt oder auf dem Banjo; Mutter sang «Setzte sich ein Bienchen auf den Apfelbaum», aber nur, wenn sie genervt war. Großvater begann morgens seine Arbeit in der Kalksteingrube mit dem verbotenen Lied: «Am ersten September versprach Hitler dreist, die Welt zu erobern in völkischem Geist.» Aber wenn ich mit mir selbst redete oder sang, schauten mich alle erstaunt an, und Mutter gab mir auf einem Löffel immer mehr von den Beruhigungstropfen Milocardin.

Eines Tages in der zweiten Ferienwoche saß ich am Fenster und goss die Geranien mit kaltem Pfefferminztee. Ich hatte Bauchweh, weil ich aus Sehnsucht nach Blacky heimlich Kalkstückchen aus der Wand und ein paar Fransen von der Tagesdecke gegessen hatte.

Zwischen den farnähnlichen Eisblumen auf der Fensterscheibe hatte mein warmer Atem einen Spalt entstehen lassen. Durch ihn schaute ich in den Hof. Nach einer Stunde quietschte die Gartentür. Ich hörte die Stimmen von zwei Klassenkameraden – Justyna und der Große Witek fragten Mama, die gerade Asche aus dem Kasten auf den Weg streute, ob ich nicht zu den Exerzitien in die Basilika des heiligen Antonius mitkommen wollte.

«Wiolka kommt wahrscheinlich nicht mit», hörte ich die heisere Stimme meiner Mutter. «Sie hat Bauchschmerzen.»

«Aber nach den Exerzitien ist heute eine Tombola», unterbrach sie der Große Witek.

«Was für eine Tombola?»

«Eine geweihte Figur wird verlost», erklärte Justyna.

«Wollt ihr das Wiolka nicht selbst sagen?»

«Sie müssen mir nichts sagen.» Bis über die Ohren in einen Wollschal gehüllt, kam ich in den Hof. «Ich gehe mit.»

Mama schien über meine plötzliche Gesundung erstaunt zu sein, sagte aber nichts. Sie stocherte mit dem Gummistiefel in den warmen Ascheresten, um die herum eine Schleife braunes Gras schimmerte, hob einen verrußten Nagel auf, warf ihn auf einen Sandhaufen und ging ins Haus zurück.

Am Nachmittag hatte das Kraftwerk Łagisza im Radio die zehnte Stufe der Energieversorgung bekannt gegeben. In der ganzen Gemeinde war der Strom abgeschaltet, und in der Kirche war es eiskalt. Mehr als hundert Kinder sandten Dampfwölkchen aus, die zu dem Gewölbe aufstiegen, wo fette Heilige wie im blauen Plattensee schwammen. Nur die Kerzen auf den Altären erhellten die drei Schiffe. Die Gabel der untergehenden Sonne durchbohrte den tönernen Jesus, der auf einem Sockel stand, in himmelblauem Gewand, das Herz mit einer Dornenkrone umflochten. Ich stand in einem der Seitenschiffe und beobachtete eine Maus, die durch das Labyrinth des vergoldeten Stucks irrte.

Am Schluss warf jedes von uns einen Zettel mit dem Stempel der Kirchengemeinde in eine hölzerne Urne. Ein als Engel verkleidetes kleines Mädchen zog ein Los und gab es dem Vikar. Es war mucksmäuschenstill. Der Strom wurde eingeschaltet. Das Licht blendete uns. Das Rauschen des elektrischen Gebläses kam wie die Sintflut über die Kirche. Der Pfarrer sagte meinen Namen. Das Echo seiner Stimme prallte an den Weihgaben ab. Vor Aufregung schluckte ich den Kaugummi, den ich vom Großen Witek bekommen hatte. Der Organist intonierte die *Barke*: «O Herr, Du hast mich gesehen. Dein Mund sprach heute meinen Namen.» Die Kinder traten auseinander. Justyna schubste mich in die Mitte der Kirche. In goldenem Licht schritt ich zum Altar. Der Vikar reichte mir die Stola zum Küssen, dann eine Jesusfigur. Jemand zog mich an der Schnur meiner Handschuhe auf den Gang. In Begleitung der Kinder von Hektary gelangte ich nach draußen und vergaß, die Finger ins Weihwasser zu tauchen.

Ich wickelte die Figur in meinen Wollschal, und abwechselnd mit Justyna und dem Großen Witek schleppte ich sie in der Dämmerung die vier Kilometer nach Hektary. Klümpchen von gefrorenem Schnee gerieten in unsere Stiefel, unsere Hände waren halb erfroren, aber das beachteten wir nicht. Wir waren durch den Gewinn so aufgeregt, dass wir uns vor allen Bildstöcken und vor der heiligen Quelle bekreuzigten, und Witek bekreuzigte sich auch vor der Villa der Direktorin unserer Grundschule, für alle Fälle, falls ihr Dobermann durch ein Loch im Zaun herausspringen würde.

Beim Brunnen verabschiedete ich mich von den Freunden und lief über den Feldweg in unseren Hof. Einen Moment lang blieb ich auf der Veranda stehen und wickelte die Figur aus. Ich betrat die helle Stube wie der Pfarrer beim Hausbesuch und stellte die Jesusfigur auf den Tisch. Bei uns fand gerade ein Rupfabend statt, und allen Frauen, die Großmutter beim Federnrupfen halfen, verschlug es die Sprache, als sie mich sahen. Sie legten die Siebe mit den Daunen beiseite, knieten auf dem mit weißen Federschäften bedeckten Boden nieder und begannen zu beten. Aber sie hatten noch keine zwei Gesätze des Rosenkranzes aufgesagt, da klopften ihre besorgten Männer an unsere Fenster.

Spät in der Nacht, nachdem alle Frauen nach Hause gegangen waren, als ich durch die angelehnte Tür den ruhigen Atem der schlafenden Eltern hörte und im Ofen allmählich das Feuer erlosch, brachte ich die Figur ins Esszimmer und stellte sie auf die gestärkte Serviette, die bis dahin als Platz für das Glashuhn und einige tote Fliegen gedient hatte. Ich wickelte mich in mein Federbett, denn im Februar 1981 war es furchtbar kalt, und stand so lange in der Dunkelheit auf Habacht, bis die Figur sich leicht über die Serviette erhob. Da nahm ich all meinen Mut zusammen und fragte Jesus, ob er nicht meinen Blacky auferstehen lassen könne.

Tischlein, deck dich

Ich erwachte im Morgengrauen und bemerkte eine Gestalt, die sich ins Zimmer schlich. Es war Vater. In einem Regencape und Gummistiefeln sah er aus wie der geheimnisvolle Don Pedro aus dem Zeichentrickfilm. Er verfluchte die quietschenden Scharniere an der Tür. Im Halbdunkel begegneten sich unsere Blicke. Vater legte den Finger an den Mund, zum Zeichen, dass ich ruhig sein sollte, um Mama nicht zu alarmieren, aber Mama war schon lange wach. Sie wusste, wann Vater sonntags vom Angeln zurückkam. Sie klapperte in der Küche mit dem Geschirr und machte Feuer im Herd. Vater zog sich aus, setzte sich auf die Couch, steckte den Tauchsieder in das Töpfchen und schlief sofort ein. Das Wasser tanzte, spritzte an die Decke und tropfte auf den Tisch, wo in den Ritzen das Blut eines in der vorigen Woche präparierten Wiesels vertrocknete. Nach einer Viertelstunde kam Mutter ins Zimmer.

«Rysiek, steh auf. Steh schon auf», flüsterte sie, während Vater im Schlaf gerade einen stattlichen Hirsch jagte.

«Hmm ...», brummte er. «Wenn man den ausstopfen und auf der Terrasse ausstellen könnte ... Das ganze Dorf würde kommen und schauen.»

«Rysiek, das Rührei wird kalt. Wozu hab ich das gemacht?!»

Die erhobene Stimme riss ihn aus seinen Träumen. Doch

im Gebüsch flackerte gerade noch das goldene Haar seiner Frau auf. Sie sah aus wie die heilige Kunigunde, die sich in den Hirsch verliebte.

«Woher kommt die denn?» Er rieb sich die Augen. Zwischen Schlaf und Wachen hatte er das Gefühl, dass aus seinen Schenkeln Fichtennadeln und aus den Stiefeln Brombeeren gewachsen waren. Es klingt seltsam, aber als er aufwachte, roch es im Zimmer plötzlich nach Wald. Vater setzte sich und wiegte sich über dem Teller, als wollte er darin Fische fangen. «Da bräuchte man sicher ein Kilo Alaun und ein paar Meter Draht.»

«Schon wieder dieses Präparieren? Sag bloß nicht, dass du wieder so ein Aas angeschleppt hast? Auf der Veranda liegen schon drei Stück. Wozu brauchst du das bloß? Dieses tote Zeug. Unser Haus ist doch keine Försterei. Wiolka ist schon ganz benebelt von dem Kleber.»

Vater lächelte unter seinem Schnurrbart und gab Mutter einen Kuss auf die Wange. Er führte sie zur Veranda und öffnete den Schrank, aus dem die steifen Krallen und Klauen ausgeweideter Hasen, Marder, Fasane, Habichte, Bussarde und Falken fielen.

«Schau.» Er holte einen toten Habicht heraus und breitete seine etwas steif gewordenen dunkelblauen Flügel aus und betrachtete sie mit Bewunderung. «Dieses Wunderwerk soll ich für den Direktor der Papierfabrik präparieren. Wenn ich es gut mache, erhöhen sie vielleicht mein Gehalt. Es ist das letzte Mal. Ich verspreche es! Du weißt, dass ich ohne das nicht leben kann. Zigeunerblut. Mein Großvater Szydło, der mich aufgezogen hat, hat Vögel präpariert, und mein Urgroßvater hat auf dem Markt in Siewierz Felle verkauft.»

Mutter kniff ihre grünen Augen zusammen. Das Argument der Gehaltserhöhung war offensichtlich bei ihr angekommen, und sie änderte jetzt ihren Ton.

«Gut, gut, aber mit diesem Vogel ist dann Schluss hier. Alles Weitere machst du bitte in der Scheune!»

Mama ging in die Küche zurück und begann auf dem Herd ein gerupftes Huhn zu bräunen. Zwischen den Eisenringen, die sie zur Seite geschoben hatte, loderte das Feuer. Der Geruch von verbrannter Haut und brennenden Zeitungen erfüllte das Haus.

Ich hörte das Nylonrascheln des Morgenrocks. Mama zog mir die warme Federdecke weg und legte sie auf zwei zusammengestellte Stühle neben das Bett. Obwohl Sommer war, lüftete sie sonntags die Betten nicht auf dem Zaun. «Das macht man nicht», sagte sie. An einem Feiertag sei es peinlich, das Zeug draußen auszustellen.

Als ich mich gewaschen und angezogen hatte – die Bluse mit den Puffärmelchen, den langen karierten Rock und Kniestrümpfe –, rief Großmutter mich in ihre Stube. Sie zog das Portemonnaie unter der Matratze hervor und gab mir einen Geldschein für die Kollekte, dann schaute sie nach, ob ich die zerzausten Haare zu einem ordentlichen Zopf geflochten hatte, und schickte mich in die Kirche.

Noch etwas verschlafen ging ich den gepflasterten Weg entlang und kaute getrocknete Birnen. Bei der Feuerwache stand der angemalte Bus des Eismanns und hupte. Ich schielte auf den Geldschein und betete im Stillen, dass ich diese Woche nicht der Versuchung erliegen möge, mir für das Kollektegeld drei Kugeln Eis zu kaufen, was ich nachher hätte beichten müssen.

«Na, wen haben wir denn hier, Rysieks Tochter», lächelte der Eismann. «Weißt du vielleicht, wie's meinem Habicht geht? Ist er schon präpariert?»

Ich zuckte mit den Schultern.

«Vorgestern hat Vater ihn verstärkt, er wird also wahrscheinlich bald fertig sein.»

Ich nahm das Eis in Empfang und bog bei der heiligen Quelle in den Weg ein, der die Straße zur Basilika des heiligen Antonius kreuzte.

Nach der Messe wollte ich mich in mein Versteck in den Hohlblocksteinen verziehen, um den Comic von Tytus, Romek und A'Tomek zu lesen, aber eine Bekannte von Großmutter fuhr neben mir her und beobachtete mich aufmerksam. Auf dem Heimweg nahm ich zwei Riesenschirmpilze mit, die im Graben gewachsen waren, genau dort, wo unser Nachbar immer die Mistbrühe hinschüttete. Zu Hause weichte ich die Pilze in Milch ein, machte einen Deckel drauf und stellte das Ganze in den kühlen Flur. Dann setzte ich mich an den Tisch, auf dem schon die Teller mit den Nudeln standen, legte den Kopf auf die Tischplatte und spürte das Pulsieren des Holzes. In seinen Ritzen und Astlöchern waren Taufen, Leichenschmäuse und Namenstage im Gang, Holzwürmer spielten Ball mit den Mohnkörnchen, die von der Kruste des frisch gebackenen Brotes abgefallen waren.

«Pass auf, wo du deinen Kopf hinlegst, Wiolka. Deine Haare fallen in die Nudeln», ermahnte Mutter mich. Ich wachte auf. Goldenes Licht huschte über die Schrankwand, glitt über das Kristall, den Glasfisch, die Tassen aus Steingut.

Nachdem Mutter in Gesellschaft der immer hungrigen

Hühner, Enten und Truthähne die angebrannte Pfanne mit Sand gescheuert hatte, klaute sie aus Vaters Jackentasche ein paar Zigaretten und verschwand irgendwo. Ich wusch das restliche Geschirr des Mittagessens ab und ging los, um in den Brennnesseln nach Eiern von Zwerghühnern zu suchen, denn sonntags hatte ich immer Lust auf *Gogel-Mogel*, den ich auf einem Löffel in frisch gebrühten Kaffee tunkte.

Als ich zurückkam, nahm Vater die Tischdecke ab, breitete Zeitungen aus, wusch sich sorgfältig wie ein Chirurg die Hände und begann mit dem Abbalgen des Vogels. Er fuhr mit dem Messer über den Bauch des Tieres und passte dabei auf, dass er die glänzenden Daunen nicht mit Blut beschmutzte. Über eine Stunde brauchte er, um die Innereien zu entfernen, die er in einen Zinneimer unter dem Tisch warf – das blassrosa Fleisch, Knochen, Fett. Der ausgeweidete Habicht lag auf der Zeitung. Vater drehte ihn vorsichtig um und rieb die Haut mit Alaun ab, das er in einem Gurkenglas aufbewahrte. Der Höhepunkt des Präparierens war das Herstellen der Drahtkonstruktion, die das Vogelskelett ersetzen sollte. Diese Tätigkeit erforderte große Konzentration, also machte Vater eine Pause, griff zu seinen *Klubowe* in der Jackentasche und sagte zu mir, ich solle ihm einen starken Tee mit fünf Löffeln Zucker machen. Beim Präparieren trank er immer diesen Süßpapp. Während er seine Zigarette rauchte, kniff er die Augen zusammen und betrachtete forschend den Vogelkadaver, der auf dem Rohr des noch warmen Herdes trocknete, dann zog er seine Werkzeugkiste unter dem Bett hervor und begann mit der Zange den goldenen Draht zurechtzuschneiden. Das Drahtgestell gefiel mir besser als die nach geronnenem Blut stinkenden Knochen.

Nachdem er das, was von dem Habicht übrig geblieben war, auf das Drahtgestell gezogen hatte, stopfte Vater den Balg mit Wattiermaterial aus, in die unzugänglicheren Stellen drückte er mit einer Pinzette feinere Watte. Schließlich nähte er die Haut mit dünnen Fäden zusammen und klebte mit Butapren-Leim die gesträubten Federn dran. Zum Schluss steckte er entsprechend bemalte Glaskugeln in die Augenhöhlen. Mit Drähten, die aus den Krallen herausragten, befestigte er den Habicht an einem Birkenast, auf dem er mit dem heißen Schürhaken seine Initialen einbrannte – RR.

Es schlug sieben. Vater sagte, ich solle die Tischplatte mit Salz bestreuen und gründlich scheuern; er selbst nahm seine Farben und ging auf die Veranda, um im Licht einer 200er-Birne die letzten Korrekturen an der Vogelpuppe anzubringen. Gleich nachdem ich die Tischdecke wieder auf den Tisch gelegt hatte, kam Mama mit einem Korb Zwetschgen nach Hause. Als wir sie sahen, wurden wir hungrig. Als könnte sie Gedanken lesen, rief sie mich in die Küche, damit ich ihr bei der Vorbereitung des Abendessens helfen konnte. Ich schnitt Brot und schmierte Paprikapaste darauf. Als ich mit einem großen Teller Broten ins Esszimmer zurückkehrte, saß Vater nicht mehr am Tisch, sondern döste auf der Couch. Über ihm schickte sich der Habicht mit unnatürlich ausgebreiteten Flügeln zum Flug an.

Der Wimpelabend

In dem Jahr, als das Gerücht in Hektary die Runde machte, der Papst werde auf der Landstraße am Dorf vorbeikommen, übernahm Vater die Herrschaft auf unserem Anwesen und begann, zu Großmutters Unmut, seine Reformen einzuführen, die das Haus und den Hof langsam, aber sicher in einen wilden Tierpark verwandelten. Da gab es nicht nur Bienenstöcke, Käfige mit Distelfinken und Kanarienvögeln, einen Kaninchenstall oder den Taubenschlag auf dem Speicher, in dem aus Eiern, zart wie Tischtennisbälle, tapsige Küken schlüpften; Vater, der mich über den Verlust von Blacky hinwegtrösten wollte, brachte außerdem Mitte Februar, gleich nach meinem Geburtstag, unter seiner Jacke eine piepsende Wattekugel mit, die sich am Ofen allmählich in einen wenige Wochen alten Hirtenhund, einen Podhalaner, verwandelte. Wir nannten ihn Teddy. Im Frühjahr organisierte Vater einen Bagger und verbreiterte den Teich hinter dem Haus, von der Straße her. Mutter erlaubte nicht, dass ich mich der Baustelle näherte, aber wenn sie zur Arbeit ging, huschte ich zu dieser trapezförmigen Lehmgrube. Ich kauerte an der Halde der ausgebaggerten Erde, hielt mich an den Stümpfen der weiß gekalkten Bäumchen und an den von Froschlaich umgebenen Kalmusstengeln fest und betrachtete die von Wasserläufern gekräuselte Oberfläche.

Eines Sonntags, kurz vor der Ankunft des Papstes, reichte

Vater mir das Fernglas und sagte, ich solle genau auf das Feld schauen.

«Es gab eine Gelegenheit, und ich hab dir für zwei Flaschen Wodka eine Nummer gekauft», flüsterte er und zeigte auf die am weitesten entfernte Wiese, die mit Löwenzahnblüten gesprenkelt war. «Dort bauen wir ein neues Haus.»

Ich wusste nicht, was es mit dem Kaufen einer Nummer auf sich hatte, aber ich ahnte, dass Vater seit der Rückkehr aus dem Militärarrest in zwei Häusern gleichzeitig wohnte: Das eine, aus Stein und ziemlich ruiniert, schwankte schon auf seinen Kalkfundamenten, das andere – sauber, aus Backstein, mit Zentralheizung, mit einem nach Harz duftenden Speicher und einem blitzenden, bis zur Decke gekachelten Badezimmer – entstand über die Jahre in seinem Kopf.

Am Abend bemerkte ich, dass Großmutter einen Kuchen zubereitet und den Boden mit Essigwasser gereinigt hatte, was in der Regel das baldige Eintreffen von Gästen ankündigte. Und tatsächlich kamen allmählich die Frauen aus dem Dorf zusammen: zwei Schwestern von Großmutter, Zofia und Salomea, fast alle unsere Nachbarinnen aus Hektary und, was mich wunderte, die Schneiderin Frau Stasikowa, die selten bei jemandem vorbeischaute, weil sie ständig bis über beide Ohren in Arbeit steckte. Zusammen mit meiner Mutter war etwa ein Dutzend Frauen im Haus. Alle hatten mit Tüchern bedeckte Kornsiebe und Leinensäckchen mitgebracht.

Ich dachte zunächst, das wird ein Rupfabend, obwohl im Juni eigentlich niemand in Hektary Federn rupfte. Doch statt Federn schütteten die Frauen Fetzen von bunten Stoffen aus den Sieben, Reste von Kleidern, Morgenröcken, Taufdeckchen, von Vorhängen, Wandteppichen oder auch Fransen, die von den «Türken», vom Osterbrauch, übrig geblieben waren, was halt jede so zu Hause hatte; und unter der Anleitung der Schneiderin begannen sie, Wimpel zu nähen, die zu beiden Seiten die Landstraße schmücken sollten, an der Papst Johannes Paul II. auf seiner Polenreise vorbeikommen würde.

Als die Wimpelkette schon fast fertig war und sich durch die zwei Stuben, den Flur und über die Terrasse schlängelte, begann Großmutter, auf dem Fenstersims und auf der Kredenz einen Imbiss zu verteilen, und Mama holte aus ihrem Küchenversteck eine in einen Lappen gewickelte Flasche Eierlikör.

«Also, Mädels, trinken wir ein Gläschen auf die Gesundheit des Heiligen Vaters?», schlug sie vor. Das musste sie nicht zweimal sagen. Die Frauen legten ihre Fingerhüte, Fäden und Stoffstücke zur Seite, machten es sich bequem, tranken von dem selbst gemachten Getränk und kamen dabei ins Erzählen.

«Seit mein Mann tot ist, habe ich keine Lust mehr, Karamell zu schmelzen, um den Flaum unter der Nase zu entfernen», offenbarte die Schneiderin mit ihrer tiefen Stimme und säumte die letzte Seite ihres Wimpels. «Ich schrubbe die Fersen auch nicht mehr mit Asche, spüle die Haare nicht mehr mit Kamille und träume morgens nicht mehr davon, von der Leiter zu fallen. Meine Nase ist lang geworden, die Brust hängt runter, das heißt, meine Lieben, dass ich bald den Abgang mache.» Sie lachte heiser.

«Ach was, du willst uns doch nicht einfach allein lassen? Und wer gibt uns dann Ratschläge, wer näht uns die Sachen für Hochzeit und Kommunion? Jetzt bist du schon so lang ohne deine bessere Hälfte, da hältst du's auch noch ein paar Jährchen aus», sagte Großmutter.

«Und wie geht's deiner Enkelin? Ist die Tante aus Amerika schon zu ihr gekommen?», wandte sich ihre ältere Schwester Salomea an Großmutter.

«Was weiß denn ich!»

Die Frauen sahen mich forschend an, und ich wurde bis über beide Ohren rot, denn ich verstand zwar ihr geheimniskrämerisches Gerede von der Tante in Amerika nicht, aber ich spürte intuitiv, dass es hier um etwas Wichtiges ging. Ich nahm Teddy vom Schoß. Er begann unter dem Tisch mit den Fetzen zu spielen, und ich überlegte, welche Verwandte es sein könnte, die mich besuchen kommen sollte. Meinten sie vielleicht Großvaters Tante, die während der Ruhrepidemie Zarenrubel in Strümpfen versteckt hatte und nach Kanada geflohen war? Aber die wäre jetzt ja an die hundertzwanzig Jahre alt.

«Näht, Mädels, näht, vom Tratschen werden die Fähnchen nicht fertig, und gleich kommen die Männer sie abholen», half mir Zofia, Großmutters andere Schwester, aus der Bedrängnis.

Jemand klopfte an die Tür, und auf der Terrasse entstand ein Durcheinander. Drei Herren packten die Wimpelkette in einen Jutesack und gingen los, um sie entlang der Straße aufzuhängen. Wie sich später herausstellte, warteten auf der anderen Seite der Kreuzung schon diejenigen, deren Aufgabe es war, die Dekoration zu zerstören.

Am Morgen lief ich mit Teddy zur Straße, um den Papst mit einem Fähnchen zu begrüßen, das ich am Kiosk gekauft hatte und das mit dem Wappen des Vatikans bedruckt war. Von der kilometerlangen Wimpelkette waren nur verdreckte, nasse Fetzen übriggeblieben, die im Graben neben Kippen und Wodkaflaschen lagen. Ich wartete ein paar Stunden auf das Papamobil. Es nieselte die ganze Zeit. Teddy sah bald so aus wie an dem Tag, als Vater ihn brachte. Der Asphalt glänzte wie eine Auberginenschale. Aus Richtung Kattowitz fuhr ein verspäteter Bus mit Pilgern nach Jasna Góra vorbei, der mit Bildern des Heiligen Vaters beklebt war. Dann flimmerten mir die weißblauen Uniformen der Junioren-Radrennfahrer aus Poraj vor den Augen, später Gienek, der Mähdrescherfahrer, der um diese Zeit normalerweise zum Mittagessen in den *Jupiter* ging, zwei Traktoren und ein Lastwagen mit der Aufschrift «Trag Kleider von CDT». Als es richtig zu regnen anfing, stellte ich mich mit Teddy beim Gasthof unter und atmete den Geruch von Krautwickeln und Bigos ein, und die Frau vom Büffet gab mir zu verstehen, ich solle nach Hause zum Essen gehen, im Fernsehen hätten sie gesagt, der Papst sei am Morgen mit dem Hubschrauber nach Tschenstochau geflogen.

Das Mädchen mit den Farben

Eines Tages, Mitte Juli, kam Vater früher von der Arbeit nach Hause, und während er an den Kronleuchtern die Klebestreifen für die Fliegen wechselte, sagte er zu Mama, in ein paar Tagen werde in Polen der Kriegszustand aufgehoben. Ich war damals neun Jahre alt, und obwohl ich mich an den Wintertag erinnerte, als der «Telemorgen» ausgefallen war, so hatte ich doch keine Ahnung, wovon Vater sprach. Ich fragte mich, warum Großvater diesen Kriegszustand nie erwähnte. Er war doch Spezialist für die letzten beiden Kriege, konnte alle verbotenen Lieder singen und kannte die Höhlen im Krakau-Tschenstochauer Jura, wo er sich nach der Flucht aus dem Lager versteckt hatte, wie seine Westentasche. Und Großvater schien sich für Politik zu interessieren, denn eines Tages, als meine Eltern nicht zu Hause waren, rief er Großmutter und mich in die Küche, legte zwei Kaffeebohnen auf einen Zehn-Zloty-Schein, und als General Bem dann wie Jaruzelski aussah, lachte Großvater so herzhaft los, dass ihm beinahe die Hosenträger aufsprangen.

In jener Nacht ging Vater, der zum Industrieschutz gehörte, nicht mit einer Binde am Arm zu seinem Dienst in die Feuerwache oder ins Gebäude der Gemeindegenossenschaft. Er legte sein Werkzeug auf das Linoleum und begann aus Kupferdraht eine Falle für die Moschustiere zu basteln, die seit dem

Frühjahr an unserem Teich einen Guerillakrieg mit ihm führten. Als die Falle wie eine goldene Sanduhr aussah, fasste ich mir ein Herz und fragte Papa, wer denn in diesem Kriegszustand sein Feind gewesen sei; er sah mich erschrocken an und sagte, wenn ich es noch einmal wagte, danach zu fragen, würde er mir den Hintern versohlen.

Am 10. August gingen wir vier Kilometer zu Fuß zur Kirchweih von Sankt Laurentius in Cynków. Unweit der Holzkirche waren zwei Reihen von Ständen aufgebaut. Ich kaufte mir ein Wetterhäuschen in Form einer Bauernkate, mit einem Bergbauern für die Sonne und einer Bäuerin, die bei Regen herausschaut, außerdem eine Schnur mit Brezeln und ein Lotterielos. Das Los verbarg ich in der Tasche meines Kleides, und ich versteckte mich hinter einem Schießstand, damit ich es anderen Kindern nicht zeigen musste, für alle Fälle – falls ich einen Emailletopf oder eine Bulldoggenfigur mit wackelndem Kopf gewinnen würde. Indessen verwies meine Nummer auf Ölfarben der Marke *Old Holland Classic Coulours*. Aufgeregt lief ich zu meinen Eltern, die bei einer Futterkrippe für Rehe mit Bekannten Karten spielten, und zeigte ihnen meinen Gewinn. Onkel Lolek klopfte Vater auf die Schulter und sagte erheitert: «Na, Rysiek, bald hast du eine Künstlerin im Haus.»

Wir machten uns auf den Heimweg durch die Felder und kamen kurz vor Mitternacht nach Hause. Papa legte sich im Anzug auf die Couch und spielte auf einem Lindenblatt Gefängnisballaden. Mama und Teddy, der zu diesem Zweck extra von der Kette gelassen wurde, waren ihm ein treues Publikum. Ich zog mich ins Esszimmer zurück, machte aus der Gardine ein provisorisches Mückennetz und breitete auf dem Federbett andächtig die siebzehn Farbtuben aus. Siebzehn, weil eine fehlte. Die englischen Namen der Farben ließen mich an entfernte Planeten denken: *cyclamen, ultramarine, umber*. Ich versuchte, ein bisschen Farbe auf eine Strohmatte zu drücken, aber aus den Tuben tropfte nur eine farblose, klebrige Flüssigkeit. Es stellte sich heraus, dass die Farben, die der Pfarrer von Sankt Laurentius für die Lotterie gespendet hatte, aus einem der Geschenkpakete aus dem Westen stammten und ihr Verfallsdatum längst überschritten hatten.

Nach den Ferien ging ich wieder in die Schule und vergaß das Malen – bis zu dem Augenblick, da ich im Schaukasten des Gemeinschaftsraums den Aushang eines Kunstwettbewerbs erblickte. Das Thema lautete: «Moskau mit deinen Augen», der Termin – Ende Oktober 1983. Daran musste ich natürlich teilnehmen. Im Januar desselben Jahres hatte ich einen Woiwodschafts-Wettbewerb unter dem Titel: «Gefahren auf deinem Bauernhof» gewonnen. Ich hatte einen Kartoffelkäfer gemalt, der aus einer Coca-Cola-Flasche klettert. Niemand glaubte mir, aber ich hatte wirklich gesehen, dass Großvater Kartoffelkäfer in so einer Flasche sammelte. Die Juroren auf Woiwodschaftsebene waren der Meinung, dass meine Zeichnung «auf zutiefst metaphorische Weise den Kreuzzug des imperialistischen Kartoffelkäfers darstellte». Wäre nicht der Umstand gewesen, dass Vater seinen Kollegen in der Fabrik erzählt hatte, er sei um zehn Ecken ein Sinti-Zigeuner, hätten sie meine Arbeit vielleicht auf einer Briefmarke gedruckt. Doch die ganze Sache ging auch so glücklich für mich aus. Mama hörte auf, mich abends zum Religionsunterricht in eine Hütte am Waldrand zu bringen, und von den Organisatoren des Wettbewerbs bekam ich einen Rucksack und eine Schachtel Pralinen.

Drei Wochen nach Bekanntgabe der Ergebnisse des Wettbewerbs «Gefahren auf deinem Bauernhof» kam ein Brief in die Schule. Beim Appell verkündete die Direktorin, dass eine spezielle Unterkommission der Kommission zur Verbreitung der Kultur in der Woiwodschaft Schlesien mich in den Winterferien zum Freilicht-Malen nach Lubliniec delegieren wolle. Das war der totale Reinfall. Die ganze Schule lachte darüber, dass ich für eine Woche ins Irrenhaus fahre, denn im nahe gelegenen Lubliniec gab es eine Psychiatrische Klinik. Zu allem Überfluss lag das Erholungszentrum, in dem wir untergebracht waren, in der Nachbarschaft einer militärischen Einheit; und während wir durch den Wald gingen, um uns inspirieren zu lassen, machten die Soldaten Schießübungen, und die Platzpatronen pfiffen mir um die Ohren, sodass ich mich nicht konzentrieren konnte. Das Pleinair erwies sich aber dennoch als tolles Abenteuer, weil wir im Gemeinschaftsraum Satellitenfernsehen und einen Videorekorder hatten. Wenn ich nicht gerade einen Film schaute, malte ich an einem Zyklus von Bildern, die die zerstörte Schnapsbrennerei in Lubliniec darstellten, aber diesmal bekam ich nur eine Auszeichnung, und statt der ersehnten Ölfarben brachte ich eine Urkunde und einen Bildband des mir damals unbekannten russischen Malers Wassili Surikow nach Hause.

«Aller guten Dinge sind drei», dachte ich und beschloss, noch einmal eine Arbeit einzusenden – zu dem Wettbewerb unter dem Titel: «Moskau mit deinen Augen.» Ich wusste nicht, wie die Hauptstadt der Sowjetunion aussah, und die Fotos zu den Texten des Russischlehrbuchs waren ziemlich unscharf. Zum Glück brachte meine Lehrerin, Frau Walo, die auch den Kunstkreis leitete, farbige Postkarten mit Ansichten des Kremls und der Basilius-Kathedrale mit. Ich legte den Tisch mit Zeitungen aus und malte an einem Panorama von Moskau, bis zwei Uhr nachts, als eine Pause in der Stromversorgung eintrat.

Am nächsten Tag in der Schule ließ ich den Ranzen in der großen Pause auf dem Boden liegen, und der Große Witek setzte sich darauf. Aus den Ersatzpatronen, die ich im selben Fach hatte wie die Zeichnung für den Wettbewerb, lief die ganze Tinte aus. Ich wurde kreidebleich. Das Bild war futsch. Ich ging aufs Klo und verwischte mit einem Taschentuch die Tinte auf dem Blatt. Es sah jetzt aus, als werde die Hauptstadt der Union der Sozialistischen Sowjetrepubliken von einem klebrigen, indigofarbenen Ozean verschlungen. Ich legte die Zeichnung neben den Kachelofen, damit sie trocknete. In der nächsten Pause steckte ich das Bild in einen braunen Umschlag und gab ihn Frau Walo. Die Lehrerin schaute gar nicht hinein; sie stempelte den Umschlag mit dem Wappen der Grundschule von Wojsławice ab und eilte zur Post.

Einen Monat danach erschien in der Schule ein seltsamer Mann. An ihm passte nichts zusammen. Seine Gesichtszüge waren sanft, aber seine Ohren spitz. Er trug einen schwarzen Rollkragenpullover und ein helles Jackett, eine Hose mit Bügelfalten und schmutzige Schuhe. Er ging schnurstracks ins Zimmer der Direktorin.

«Rogalówna!», hörte ich.

Ich sollte antanzen.

Zufrieden lief ich ins Zimmer der Direktorin, denn ich dachte, ich würde wieder einen Preis bekommen. Durch Rauchschwaden sah ich Frau Walos verweintes Gesicht. Auf dem Schreibtisch lag meine Moskauzeichnung. Die Direktorin führte die zitternde Lehrerin hinaus.

«Weißt du, Kind», sagte der Unbekannte, als die beiden verschwunden waren, «ich bin extra aus der Woiwodschaft gekommen, um deine Arbeit zu belohnen.»

Ich dachte, er werde mir gleich neue Ölfarben und eine Tafel Milchschokolade mit Nüssen von Wedel oder ein Tütchen Konfekt geben. Mir lief das Wasser im Mund zusammen, und tatsächlich holte er eine Tafel Schokolade aus seiner Mappe. Langsam machte er das Silberpapier ab. Der samtene Duft von Kakao verbreitete sich im Zimmer.

«Bitte, nimm.» Er hielt mir die entweihte Tafel unter die Nase. Ich nahm drei Rippen. Mein Magen knurrte. Ich hatte Hunger, weil ich am Morgen kein Frühstück gegessen hatte.

«Warst du schon mal in Moskau, Wiola?»

«Nein.»

Die Schokolade schmolz angenehm im Mund.

«Und von wem kommt dann diese ... interessante Idee? Vielleicht von deinen Eltern oder von der Lehrerin des Kunstkreises, dieser, wie heißt sie, Frau Walo?»

Man beginnt keinen Satz mit «und», dachte ich.

«Ich habe mir Moskau selbst so vorgestellt, wissen Sie.» Ich beschloss, die Sache mit dem Großen Witek, dem Ranzen und der Tinte nicht zu erwähnen.

«Und warum so katastrophisch?»

«Wie?»

«Warum so düster?»

Weil's keine Marmelade gibt, dachte ich. Ich seufzte und erinnerte mich an das verweinte Gesicht von Frau Walo. Ich traute diesem Mann nicht, aber ich nahm ein weiteres Rippchen Schokolade.

«Wenn du mir sagst, wer diese Idee gehabt hat, spendieren dir die Organisatoren des Wettbewerbs eine Fahrt nach Moskau. Was sagst du dazu? Denk nur, dann wirst du den Kreml sehen.»

Er sah mich listig an und grinste, wobei er seine schiefen Zähne zeigte. Das Gespräch begann mich zu quälen. Ich trat von einem Fuß auf den anderen. Mir war schlecht von der Schokolade, und zu allem Überfluss ging der Mann im Kreis und murmelte etwas vor sich hin. Als er mir die Zeichnung unter die Nase hielt, klopfte es an der Tür. Ein zottiger Kopf erschien in der Tür.

«Ich habe schlechte Nachrichten, Chef. Ich schwöre, ich bin nur kurz aufs Klo, ich komm zurück, und zwei Reifen sind zerstochen.»

«Stör mich jetzt nicht, du weißt, was zu tun ist, die werden doch immer zerstochen, mach die Ersatzreifen drauf.»

«Alles klar, mach ich.»

Der Zottelkopf verschwand, und ich fühlte mich ganz schwach. Ich hörte den Mann fragen: Wer? – Na sag schon, wer? – Wann? – Wozu?

Ich beugte mich über den Schreibtisch und sah mein blasses Spiegelbild auf der polierten Fläche. Auf der Zeichnung setzte sich eine Fliege in den dunkelsten Winkel des Roten Platzes und ging dann locker über den mit Tinte begossenen

Erlöserturm. Ich spürte einen Krampf im Magen und musste mich übergeben. Das braune Zeug bedeckte den hellen Teil der Stadt.

Was danach geschah, weiß ich nicht mehr genau. Sie riefen die Schulkrankenschwester, setzten mich in einen Sessel und gaben mir Wasser, gemischt mit bitteren Magentropfen. Ich blickte auf das polnische Wappen, das über dem Türrahmen hing. Der Adler ohne Krone verschwamm auf dem roten Grund. Als ich wieder zu mir kam, brachte der Hausmeister mich nach Hause. Auf dem Hof jagte ich mit dem Ranzen die zischenden Gänse davon, betrat die Veranda und ging durch den nach Mäusedreck riechenden Flur in die Küche. Ich nickte meiner Mutter zu, warf den Ranzen neben die Kredenz, kletterte über die Leiter auf den Dachboden, legte mich auf die Weizensäcke neben dem Taubenschlag und dachte, am Sonntag würde ich nach Olsztyn fahren und dort eine Höhle für mich finden, so wie Großvater.

In den folgenden Wochen löste die Direktorin den Kunstkreis auf, und ich nahm nie wieder an einem Malwettbewerb teil. Manchmal verzierte ich insgeheim für Frau Dorota aus der Nachbarschaft die Briefe an ihren Freund, der in der Militäreinheit in Lubliniec stationiert war. Dem Großen Witek malte ich mit Plakatfarben einen Schädel an die Decke, für drei Etiketten von Streichholzschachteln, die ich damals sammelte.

Am 10. Dezember erhielt Lech Wałęsa den Friedensnobelpreis, und ich blieb nach dem Unterricht in der Schule, um für die Weihnachtsaufführung zu proben. Papa sollte mich um achtzehn Uhr abholen, aber der Bus, mit dem er normalerweise von der Papierfabrik nach Hause fuhr, kam nicht. Allein stand ich an der Haltestelle und trat von einem Fuß auf den anderen. Der Frost formte das Wasser, das aus dem Hahn bei der Feuerwache tropfte, allmählich zu einem Eiszapfen. Im Kiosk gegenüber war die Fensterscheibe mit Raureif bedeckt. Die Straßenlaternen flackerten und flackerten, bis sie schließlich ausgingen. Die Frau vom Kiosk öffnete ein Stückchen die Tür und streckte den in eine Mütze aus Fuchspelz gepackten Kopf heraus.

«Was machst du da ganz allein, Kind? Geh heim, du erfrierst ja bei der Kälte!», rief sie.

Ich hatte großen Hunger und fror, also beschloss ich, auf die Frau zu hören, nicht länger auf Vater zu warten und über die Abkürzung durch die Felder nach Hause zu gehen. Doch ich hatte nicht daran gedacht, dass ich mich im Dunkeln durch den Schnee würde kämpfen müssen. Kurz vor den Feldern der LPG rutschte ich aus, schlug mit dem Hinterkopf auf einen Stein, fiel schließlich in eine große Schneewehe und kam nicht mehr heraus. Während ich versuchte, mich freizustrampeln, verlor ich einen Schuh. Der Frost ließ allmählich meine durchnässte Strumpfhose gefrieren. Meine Zehen waren taub, und mir wurde ganz schwach.

Plötzlich stand ich auf dem Roten Platz. Ich trug eine bestickte Jacke und ein karminrotes Tuch. Meine Filzstiefel waren mit Dreck beschmiert. In der Sonne des Herbstmorgens schimmerte die Basilius-Kathedrale himmelblau und golden. Ich wusste nicht, wozu ich mit den Großeltern hierhergekommen war; erschrocken stand ich in der Menge. Der Gestank von Pferdeäpfeln und menschlichem Schweiß mischte sich mit dem Geruch von erhitztem Wachs. Ich griff nach der Hand meiner Großmutter. In der Ferne schaukelte jemand an einem Galgen wie ein nasser Fetzen Stoff. Großmutter weinte fürchterlich, verbarg das Gesicht in den Händen, in denen sie auch die Kerze hielt; sie merkte nicht, dass das heiße Wachs über ihre Hand floss.

Als ich erwachte, wurde mir klar, dass ich in Hektary und nicht in Moskau war und nur von einem Bild Wassili Surikows geträumt hatte, von dem Morgen vor der Hinrichtung der Strelizen. Ich lag immer noch in der Schneewehe, aber mir war nicht kalt und meine Zehen taten nicht weh. Plötzlich sah ich eine Taschenlampe blitzen.

«Chef, sollen wir sie retten, sie wird sonst erfrieren?»

Ich glaubte die Stimme des Fahrers zu hören, der ein paar Wochen zuvor den Mann aus der Woiwodschaft begleitet hatte, als dieser mich in der Schule über das Moskaubild ausfragte. Es roch nach Benzin, Wodka und Zigaretten. Jemand zog mich aus dem Schnee und führte mich auf die Straße. Dort fand mich nach einer Viertelstunde mein Vater auf dem Heimweg von der Arbeit. Er packte mich sofort in seinen Mantel und trug mich huckepack nach Hause.

Nach Mitternacht lief Mama zu unserem Nachbarn, der im Keller Schnaps brannte, und brachte zwei Flaschen mit. Sie goß drei Gläschen ab, mischte sie mit Tee und Zucker und gab das Getränk Papa, der sich nicht beruhigen konnte, seit er mich halb tot auf der Straße gefunden hatte. Mit dem Rest des Selbstgebrannten rieb sie meine Beine ein. Nach Anwendung aller möglichen Heilmittel – wie Wadenwickel aus gekochten Kohlblättern, Einschmieren mit Schafs- und Hundekot – kehrte das Gefühl wieder in meine Füße und Zehen zurück.

Das Bild kommt

Kaum hatte der Pfarrer in der Gemeinde verkündet, dass das Bild der Muttergottes aus der Basilika des heiligen Antonius unser Hektary besuchen würde, machten Mutter und Großmutter sich daran, das vernachlässigte Haus in Schuss zu bringen: Sie reinigten die verrußten Wände, bohnerten die Fußböden, kehrten den Abfall unter den Betten hervor und die Spinnweben von den Decken, wienerten alle Fensterscheiben mit vergälltem Spiritus und Zeitungen, tauschten das alte Stroh in den Matratzen gegen neues aus und besprühten die Zimmer mit Insektenvernichtungsmittel.

«Man darf nicht zulassen, dass sich Ungeziefer in den Ecken breitmacht, wenn unsere Heilige Jungfrau das Haus betritt», sagte Großmutter. Sie wischte die Blätter aller Blumen mit Gaze ab, beträufelte mit einem geweihten Palmzweig die Veranda und die Türschwellen, damit die Fliegen nicht in unser Haus kämen. Doch die Fliegen gaben keinen Pfifferling auf Omas Zauber, flogen wie immer durch die Löcher des Netzvorhangs in der Tür und kreisten unter dem Kronleuchter. Großmutter holte den in ein Tuch gewickelten Weihwedel und das Kruzifix aus dem Schrank, und im Esszimmer stellte sie ein Tischchen auf, legte eine Decke darauf und säumte sie mit Immergrün und Freesien, die meine Mutter speziell für diesen Anlass aus dem Gewächshaus des Nachbardorfs mitgebracht hatte. Mir zogen sie das zu enge Kommunionskleid meiner Cousine an und hießen mich an der blank polierten Schrankwand Habacht stehen.

Indessen machte das Bild, in einem Kasten untergebracht und in einer hölzernen Sänfte liegend, die Runde durch Hektary, gefolgt von einer eigenartigen Prozession wie bei der Segnung der Felder. Zwischen den Bäumen schimmerte das weiße Gewand des Vikars. Die Helme der Feuerwehrleute blitzten. Einige versuchten im letzten Moment, den Hof zu kehren, lüfteten die Stuben, trieben die Hühner in die Ställe. Kinder gingen verloren und fanden sich wieder. Die nicht angebundenen und durstigen Kühe muhten auf den Wiesen. Hunde rissen sich von den Ketten und liefen, von der unverhofften Freiheit berauscht, durchs Dorf.

Am späten Nachmittag platzte Großvater in verdreckten Stiefeln ins Haus und brüllte: «Herrgottsack, Weiber, bindet die Kuh an, die steht an der Gartentür und verstellt den Leuten den Weg.»

«Heilige Muttergottes! Sie kommen! Sie kommen! Man sieht sie schon auf dem Hügel!», schrie Großmutter.

Vater, ein hartgesottener Atheist, schnappte sich in der Küche ein Stück Mohnkuchen und flüchtete in die Scheune. Kurz darauf ertönte in unserem Hof das Lied *Madonna, Schwarze Madonna, wie gut, Dein Kind zu sein*. Als Erster kam der Vikar herein und stolperte über die Schwelle, nach ihm ergoss sich die Menge auf die Veranda, in die Diele, in die Küche, ins Esszimmer und ins Schlafzimmer. Feuerwehrleute trugen den mit Tüll besetzten Kasten und stellten ihn auf den vorbereiteten Altar. Mutter zündete Kerzen an und schaltete das elektrische Licht ein, was mich wunderte, da sie das bei Tag normalerweise nicht machte. Eine Stunde später segnete der Vikar die Versammelten und fuhr zusammen mit dem Küster im Fiat zurück ins Pfarrhaus, aber das Herunterleiern von Rosenkränzen in unserem Haus ging noch weiter bis in den Abend hinein. Mutter begann aus dem Gebetbuch die Lauretanische Litanei zu lesen: «Du unversehrte Mutter, du liebenswürdige Mutter, Du wunderbare Mutter, Du Mutter des guten Rates, Du goldenes Haus, Du Bundeslade, Du Pforte des Himmels, Du Morgenstern ...»

Nachdem der Pfarrer gegangen war, entspannten sich alle, griffen nach dem Kuchen, setzten sich auf die Fenstersimse und auf den Boden. Die Kinder liefen hinaus und spielten auf einem am Zaun aufgeschütteten Sandhaufen. Jemand ließ die Hühner aus dem Schweinestall. Ich lehnte an der Wand und kaute am Saum der Tischdecke. Obwohl mir ziemlich mulmig war, wollte ich unbedingt in die tüllumhüllte Kiste schauen. Vielleicht sitzt dort ein Außerirdischer, dachte ich, der schon von Weitem nach Wachs, Mottenpulver und Staub riecht. Als ich mich bückte, ging das Licht aus.

«Es hat die Sicherungen rausgehauen.»

«Zu hohe Belastung?»

«Vielleicht das Kraftwerk?»

«Hast du Streichhölzer?»

«Mach die Kerze an.»

Aus der Küche, der Diele, von der Veranda hörte man Geflüster, bis der Zauber der Pilgerreise schließlich verflog. Die während der stundenlangen Gebete geschmolzenen Kerzen knatterten und knatterten, schließlich gingen auch sie aus.

Mein Magen knurrte. Im Halbdunkel huschten einzelne Gestalten in den Hof.

«Janek, schau nach, was mit dem Zähler los ist!», rief meine Tante ihrem Mann zu, der Elektriker war. Hinter dem Vorhang in der Diele hörte ich ein Poltern, den metallischen Ton eines umgeworfenen Eimers mit Urin, Gelächter und Verwünschungen.

«All unsere täglichen Dinge», intonierte meine Mutter, um die Situation zu retten, aber nur wenige stimmten in das Lied ein.

Der plötzliche Stromausfall war wahrscheinlich Vaters Werk, dachte ich; er wollte endlich essen, also war er durch die kleine Tür vom Schweinestall in die Diele gegangen und hatte die Sicherungen rausgedreht. Ich musste innerlich grinsen. Nach einer Viertelstunde, noch bevor das grelle Licht wieder anging, machten sich die Leute auf den Heimweg. Mutter kniete vor dem Marienbild, bekreuzigte sich, dann jagte sie uns aus dem Esszimmer fort, bedeckte die Heilige Jungfrau mit einer Gardine, damit die Fliegen sich nicht auf sie setzten, löschte das Licht und ging in die Küche, um Abendessen zu machen.

Pfingsten

Im Mai 1984 machte ich mich mit einem Bund Kalmus, den ich morgens am Teich gepflückt und mit Bändern geschmückt hatte, auf den Weg zur Kirche. Aus dem Strauß tropfte Wasser auf meine Sonntagsschuhe. Die Kirche roch nach Kalmus und nach Schlamm, als sei sie ein trocknendes Moor. Mir wurde schwindlig. Als der Pfarrer anfing, von der Sendung des Heiligen Geistes zu reden, schwebte die kahnförmige Kanzel zusammen mit ihm in die Ferne. Ich rutschte von der Bank auf den Fußboden. Man trug mich hinaus. Eine Frau zeichnete mit Spucke ein Kreuz auf meine Stirn.

«Man muss ihr ein rotes Band ins Haar binden und den Bann brechen», sagte sie zu den Schaulustigen gewandt.

Ein paar Tage später hatte meine Mutter mich für einen Privattermin bei Doktor Kwiecień angemeldet. Der sechzigjährige Arzt hatte das gutmütige Gesicht von Willi aus der *Biene Maja*, aber ich durchschaute ihn sofort, als ich auf seine violett schimmernden, glatt rasierten Wangen schielte. Der Doktor sagte Mutter, sie solle im Flur warten, wo neben einem Regal ein großer Gummibaum stand, und mich führte er ins Sprechzimmer hinter einen Wandschirm. Dort wischte er die Hörer des Stethoskops an seinem weißen Kittel ab und stellte sich so nah zu mir, dass ich sein Rasierwasser riechen konnte. Er knöpfte den Hosenschlitz auf, kam noch näher und gab mir seinen Penis in die Hand wie ein Röhrchen aus Knete. Ich sprang weg und verpasste ihm einen Tritt ins Schienbein. Das Quieken eines abgestochenen Ferkels muss im ganzen Haus zu hören gewesen sein. Erschrocken kam meine Mutter ins Zimmer. Kwiecień knöpfte die Hose zu und schaute hinter dem Wandschirm hervor. Dann setzte er sich an seinen Schreibtisch und meckerte, ich sei eine verdorbene Göre, ich hätte ihn ohne Grund ins Bein getreten, als er meine Lymphknoten untersuchen wollte. Er zeigte meiner Mutter die gerötete Spur. Doch plötzlich wurde er sanft wie ein Lamm, verkündete, ich sei eigentlich gesund, könnte aber an Anämie leiden, daher die Neigung zur Ohnmacht und die übertriebene Reizbarkeit. Er gab meiner Mutter eine Überweisung zur Blutuntersuchung.

«Wenn Sie die Ergebnisse haben, kommen Sie bitte mit Ihrer Tochter wieder zu mir.»

Zu Fuß gingen wir nach Hause. Die Nachmittagssonne schien durch die Zweige der an der Straße wachsenden Birken und hinterließ auf den cremefarbenen Ästen violette Stempel. Mutter sagte lange nichts. Als wir am Bach Boży Stok vorbeikamen, riss sie einen Weidenzweig ab und hielt ihn mir unter die Nase.

«Siehst du das? Wenn du noch mal jemanden trittst, versohle ich dir den Hintern, verstehst du?»

Am nächsten Tag bekam ich hohes Fieber. Ich war allein zu Hause, lag im Bett und trank Lindenblütentee. Gegen Mittag tat ich den Tauchsieder in den Metalltopf, um Wasser zu kochen, dann tauchte ich das Thermometer in das siedende Wasser. Der Behälter mit dem Quecksilber platzte. Silberne Kügelchen verteilten sich auf dem Bett. Ich sammelte sie ein. Einen Moment lang zögerte ich, aber als ich an das Gesicht von Doktor Kwiecień dachte, schluckte ich sie wie Dragees runter und schlief ein. Nach ein paar Stunden erwachte ich und mir war schwindlig. Ich erbrach mich, als wollte ich meine Eingeweide ausspucken. Schließlich gestand ich meinen Eltern, die eben erst von der Arbeit gekommen waren, dass ich Quecksilber geschluckt hatte. Vater lief zum Haus des Bürgermeisters, um den Krankenwagen zu rufen.

Der Saal in der Kinderabteilung des Kreiskrankenhauses in Lubliniec erinnerte an ein Kalkbergwerk im Tschenstochauer Jura. Über die Wände glitt grelles Licht, es rann in die Kanüle des Tropfs und floss durch die Plastikröhrchen in die kaum sichtbare Vene an meinem linken Handgelenk. Mutters Gesicht, ganz rot vom Weinen, sah im Licht der Neonlampe zehn Jahre älter aus.

Nach einer Weile kam ein hagerer Arzt. Er nahm Mutter auf die Seite. Während er sprach, hüpfte sein Adamsapfel rauf und runter, als würde er einen Frosch verschlucken. Ich tat so, als schliefe ich, und belauschte das Gespräch: «Alkalisches Quecksilber ist nicht giftig ... Die Därme können es nicht absorbieren ... Wir werden sie untersuchen ... Wir werden sie alle paar Stunden untersuchen.»

Als der Arzt gegangen war, schaute Mutter mich vorwurfsvoll an. Ich wollte ihr alles erklären, aber ich kam nicht dazu. Im Nachbarbett fing ein Mädchen mit dunkelroten Blasen um den Mund an, sich zu verschlucken. Sie hatte sich mit einer ätzenden Flüssigkeit zur Bekämpfung von Kartoffelkäfern vergiftet. Es gab ein Durcheinander, und das Mädchen wurde in eine andere Abteilung gebracht.

Um 19.00 Uhr endete die Besuchszeit. Mama stellte ein Glas mit Johannisbeerkompott auf das Schränkchen und fuhr nach Hause. Die Krankenschwester nahm den Tropf ab und machte das Licht aus. Endlich war ich allein. Die leeren Wände spielten mit mir Himmel und Hölle, präsentierten mir ein Potpourri aus Origami. Die Reste des Lichts flossen auf die Straße, hüllten die Pappeln in kupferfarbene Fäden und machten an den vergitterten Fenstern des Frauengefängnisses halt, das sich gegenüber vom Krankenhaus befand. Ich drückte meine heiße Wange an die kalte Scheibe. Die Insassinnen vollführten in den Fenstern eine geheime Pantomime. Der längste Tag meines Lebens endete mit dem kurzen Lied der «Scorpions» *When the Smoke Is Going Down*. Klaus Meines Stimme tönte aus dem Krankenschwesternzimmer, bis kurz vor Mitternacht alles still wurde.

Der Osterpascha

Mitte Februar fiel Schneeregen, obwohl an jenem Tag in meinem Wetterhäuschen seit dem Morgen der Bergbauer nach der Sonne Ausschau hielt. Großmutter dickte die Kartoffelsuppe mit Sahne ein und machte das Fenster einen Spalt auf. Die mit Ruß bestäubten Gardinen blähten sich auf wie Fischblasen. Durchnässt kam Großvater nach Hause, hängte seinen Hut an die Lehne des Stuhls und fing an, mit dem Schöpflöffel Pilzstücke aus der Suppe zu fischen.

«Mach, dass du wegkommst», schimpfte Oma und vertrieb ihn. Großvater setzte eine Miene wie ein unartiger Junge auf, der auf frischer Tat ertappt worden ist, griff nach der Fliegenklatsche und verjagte eine Schar Fliegen, die sich an Zuckerkristallen zu schaffen machten, die auf dem Wachstuch verstreut lagen.

«Was ist denn mit dir los, Władek?», fragte Großmutter.

«Der Herr Direktor hat mich zum Spielen verdonnert.»

«Was spielen?»

«Ein Stück.»

Großvater warf die Fliegenklatsche auf den Fenstersims, spuckte in den halb offenen Aschenkasten, setzte den Hut wieder auf und ging aus dem Haus. Durchs Fenster sahen wir ihm nach. Um uns auf eine falsche Fährte zu locken, drehte er eine Runde auf dem Hof, hackte ein paar Scheite Holz, ging aber dann nicht wie immer zum Steinbruch, sondern versteckte den Pickel im Weidengebüsch und lief Richtung *Jupiter*.

Am nächsten Tag verriet die Büffetdame vom *Jupiter* meiner Großmutter, der Herr Direktor habe Großvater ein Glas Wodka bestellt und lange versucht, ihn zum Mitmachen bei einer Vorstellung im Klub der Landwirte zu überreden. So ganz genau wusste auch die Büffetdame nicht, wie dieser Herr Direktor in unser Hektary kam und was er außer seinem Fiat 125p dirigierte, aber im Dorf ging das Gerücht, dass er «delegiert» war. Er organisierte verschiedene Vergnügungen und Tombolas, besorgte Videos für den Saal in der Feuerwache, und im letzten Jahr hatte er Mama zu einem Kochkurs im Kreis der Landfrauen eingeladen, wo er unter anderem demonstrierte, wie man Zitronensuppe kocht. Das Wort «Zitronensuppe» war übrigens in unserem Haus verboten – seit der Weihnachtsfeier, auf der Mama mit dem Herrn Direktor einen Schokoladenwalzer getanzt hatte.

Großvater behagte die Teilnahme an der geplanten Vorstellung überhaupt nicht, aber er ließ es sich nicht anmerken. Eigentlich spielte er gern Theater und war im Dorf für seine Auftritte bei Erntefesten und Hochzeiten bekannt, außerdem ging er einmal im Monat, nachdem er seine Rente in Empfang genommen hatte, in den Gasthof, wo er bis zum Morgengrauen verbotene Lieder und Volksballaden sang. Aber das Problem war, dass Großvater den Direktor, der seine Nase in alle Feste und Feiern in Hektary steckte, nicht ausstehen konnte. Zum Beispiel war der Direktor kurz zuvor – angeblich zufällig – auf der Versammlung der Feuerwehrleute aufgetaucht und hatte behauptet, der Osterbrauch mit den «Türken» sei eine unsinnige Tradition, mit der man Schluss machen müsse, denn nicht eine türkische, sondern eine römische Wache habe das Grab Jesu in Jerusalem bewacht. Großvater machte das wütend, denn er wusste schon von Kind auf, dass der Türkenbrauch eine Erinnerung an den Sieg des polnischen Heeres beim Entsatz von Wien und an die polnischen Soldaten war, die im Jahr nach der Schlacht kurz vor Ostern in den Gewändern der geschlagenen osmanischen Armee nach Hause gekommen waren.

Seit ich denken konnte, legte Großvater an Karfreitag einen dreißig Zentimeter großen, mit Papierblumen verzierten Kotillon an. Er trug eine gemusterte Tunika und eine mit Fransen besetzte Weste und fuhr, mit einer Osterpalme ausgerüstet, mit den anderen Feuerwehrleuten zur Basilika des heiligen Antonius, um am Grab des Herrn Wache zu halten. Und wenn während des Auferstehungsgottesdienstes der Pfarrer die frohe Botschaft verkündete, nahmen die Türken den Trauerflor von der Flagge und fielen mit solcher Wucht auf den Fußboden der Kirche, dass von den Halsketten am Altar des heiligen Antonius von Padua Bernsteinperlen absprangen und die auf dem roten Samt angebrachten Votivgaben sich einrollten wie Espenblätter. Nach dem Gottesdienst stellten die Türken sich in einem Spalier vor der Kirche auf und stießen mit den Palmenspitzen sanft die Schuhe auserwählter Mädchen an, als wollten sie ihnen mit dieser Geste einen besonderen Segen für den kommenden Frühling erteilen.

Ich war mir sicher, dass Großvater, Schütze des 74. Infanterieregiments von Lubliniec, ehemaliger Gefangener eines Stalags, Ofensetzer, Zimmermann, Sänger und Osterpascha in einem, den bisher noch keiner untergekriegt hatte, dem Herrn Direktor früher oder später eins auswischen würde. Doch vorerst passierte nichts. Großvater ging brav in die Feuerwache zu den Proben, hörte auf den Herrn Direktor und übte auf der Banse in der Scheune sein Lied:

Mohn und rote Rosen gab es,
Flieder duftete im Soldatenlied,
aber in keiner der Melodien
blühten gelbe Sumpfdotterblumen.

Am Nachmittag des 8. März kam die Sonne heraus, obwohl in meinem Wetterhäuschen die Bauersfrau herausschaute und Regen ankündigte. An den Litfaßsäulen luden verschmierte Plakate zu einer musikalischen Inszenierung des Landwirtschaftsklubs mit dem Titel *Gelbe Sumpfdotterblumen* ein, natürlich unter der Regie des Herrn Direktors. Mama blieb, wie immer am Frauentag, bis zum späten Abend in der Fabrik bei den Feierlichkeiten, Vater hatte die Flucht ergriffen und war zum Fischen gegangen, nur Großmutter und ich hielten zu Hause die Stellung, um die Hühner zu füttern, die Kuh zu melken und Großvater bei den letzten Vorbereitungen für die Vorstellung zu helfen.

Nach dem Mittagessen erhielt Großmutter von Großvater ein mit einem Goldfaden durchwirktes Tuch mit einem Muster aus rotem Mohn, und so sang sie fröhlich vor sich hin, als sie sein Hemd bügelte, das sie dann vorsichtig auf die Tagesdecke des Bettes legte. Großvaters auf Hochglanz polierte Schuhe standen am Ofen, wo sich die Katze wärmte. Gegen fünf schaute Großmutter ihren Mann an und wetterte, dass beinahe die Fliegen von den Klebestreifen gefallen und der restliche Putz von der Decke gebröselt wären: «Gott im Himmel, Władek, in einer Stunde musst du los, und du bist noch nicht rasiert?!»

«Schrei doch nicht so, schrei nicht so, ich bin ja schon dabei.»

Er schärfte die Rasierklinge an dem Ledergürtel, der an der Türklinke hing, holte den Pinsel aus einer alten Kakaodose, nahm die Seife, goss aus dem Teekessel warmes Wasser in einen Becher und rasierte sich gemächlich, wobei er in einen Fahrradspiegel schaute. Nachdem er seinen Anzug angezogen, die Hosenträger zugeknipst und die Krawatte gebunden hatte, brummte er vor sich hin: «Leck die Katz, gelbe Sumpfdotterblumen und rote Tomaten.»

«Was für Tomaten?», fragte ich erstaunt, aber Großvater antwortete nicht. Er zog die geputzten Schuhe an und lief mit einem Rest Rasierschaum auf der Wange zur Latrine hinter der Scheune.

Eine Viertelstunde verging. Noch eine Viertelstunde verging. Unruhig schaute ich auf die Zeiger der Uhr, denn Opa war jetzt schon lange weg.

«Der kommt schon. Vielleicht hat er Dünnschiss, das sind die Nerven», versuchte Großmutter, mich zu beruhigen.

Um halb sieben begann Teddy zu bellen. Die Zwerghühner versteckten sich unter der Plane, die über den Resten von Kohlenstaub vom Winter lag. Ein großer Fiat fuhr vor das Tor. Drei herausgeputzte Männer stiegen aus: der Herr Direktor, der Bürgermeister mit Posaune und der Kommandant der Freiwilligen Feuerwehr in Galauniform. Großmutter warf sich eine Weste über und ging vor die Veranda.

«Grüß dich, Stefa. Wo ist denn Władek?», fragte der Bürgermeister.

«Gelobt sei Jesus Christus. Vor einer halben Stunde ist er austreten gegangen und dann nicht mehr aufgetaucht.»

«Bringen Sie uns zu ihm», sagte der Herr Direktor im Befehlston. «Und Sie warten am Tor und behalten die Straße im Auge», wandte er sich an den Feuerwehrkommandanten.

Durch die kleine Tür an der Seite des Schweinestalls lief ich raus und beobachtete den ganzen Vorfall, hinter einem Stachelbeerstrauch versteckt, von wo aus ich eine gute Sicht hatte.

«Genosse Lubas, Sie haben sich sofort im Landwirtschaftsklub einzufinden», zischte der Herr Direktor und kickte gegen die Tür der Latrine.

«Władek, sag was», hörte ich Großmutters Stimme.

«Komm raus, Władek, mach keinen Quatsch», fügte der Bürgermeister hinzu.

«Władek, mach auf, hörst du», versuchte es Großmutter noch einmal.

«Genosse Władysław, hören Sie auf, mich zu ärgern, Sie haben schon genug angestellt.»

«Lubas, ich geb 'ne Runde aus, aber sei nicht so stur und komm schon raus», krächzte der Feuerwehrkommandant mit seiner versoffenen Stimme.

«Reden Sie mit ihm, ich krieg sonst gleich die Krise», bat der Direktor meine Großmutter, aber sie zuckte die Achseln.

«Herr Direktor!», rief der Feuerwehrkommandant. «Auf dem Hügel sieht man die Autos der Delegation!»

«Dieser Arsch, ich hab gewusst, dass er mich reinlegt.»

Der Herr Direktor spuckte auf die Gänseblümchen, die aus irgendeinem Grund vor der Latrine wuchsen, wischte mit einem Büschel Gras seine verdreckten Schuhe ab, rückte das Tuch in der Brusttasche des Sakkos zurecht und schaute auf die Uhr.

«Versucht weiter, ihn zu überreden, ich muss zur Feuerwache zurück!», rief er zum Abschied dem Bürgermeister zu und ging zum Gartentor.

Als der große Fiat hinter der Brücke verschwunden war, nahm der Bürgermeister, der Großvater gut kannte und schon etwas ahnte, es aber vor dem Herrn Direktor nicht hatte sagen wollen, einen Schluck aus dem Flachmann, gab Großmutter die Posaune zum Halten, griff nach einem Stock, steckte ihn in den Spalt zwischen der Tür und der Wand der Latrine und hob den hölzernen Hebel an. Die Tür ging ein Stück auf. Drinnen war außer den Fliegen, die in den Spinnweben zappelten, nichts zu sehen – keine Menschenseele. An einem vertrockneten Palmwedel hing Großvaters Hut.

Spinnen aus Jerusalem

Wenn es stürmte und gewitterte, versteckte ich mich in der Diele und spielte Jonas. Die Fensterläden auf dem Dachboden schlugen krachend gegen die Wand. Der ausgebleichte Vorhang blähte sich auf wie der Bauch eines Wals. Die Wasserwaage war sein schielendes Auge, die Hobel, Sägen und Meißel, die an den unverputzten Wänden hingen, waren die Flossen. Über die Steinmauer floss Wasser, von der Decke tropfte es. Auf Schiffchen aus Lindenspänen konnte ich schwimmen, wohin ich wollte, aber ich blieb lieber unter der Leiter auf einem Hafersack sitzen, irgendwo zwischen dem Schaukelpferd, das keine Kufen mehr hatte, der schiefen Quarkpresse und der Ente, die in einem alten Zuber ihre Eier ausbrütete. Wie Brokat fiel Spreu auf die Spinnweben. Über mir tickte gleichmäßig der Stromzähler mit den Sicherungen aus Porzellan. Auf dem Fußboden stand ein Kastenbügeleisen und bleckte die Zähne. Wie ich an den *Bebok* glaubte, den niederschlesischen Butzemann, der – wie die Erwachsenen sagten – nach Anbruch der Dunkelheit unartige Kinder entführte, so glaubte ich auch, dass das «Bügeleisen mit Seele» (denn die Platte, die erhitzt und ins Innere des Eisens gelegt wurde, nannte man Seele), als Aufbewahrungsort für alle Seelen der Familie diente.

Mutter hatte panische Angst vor Gewitter. Wenn es zu donnern begann, bekreuzigte sie sich, nahm die Wäsche von dem Seil ab, das zwischen zwei Apfelbäumen gespannt war, verriegelte alle Fenster und Türen, zog die Stecker aus den Dosen, räumte Metallgegenstände weg und legte eine Decke über die Waschmaschine, damit der eiserne Deckel nicht den Blitz anzog. Schließlich setzte sie sich aufs Bett, deckte sich mit dem Federbett zu und rief mich zu sich.

«Gib's zu, jetzt gleich, du hast wieder eine Spinne getötet? Du weißt doch, dass das Gewitter bringt.»

«Ich war's diesmal nicht, Mama. Ich schwöre, es war Professor Kuzior.»

«Professor Kuzior?», fragte sie neugierig.

«In Biologie haben wir Kreuzspinnen mit Äther besprüht, und meine Spinne hat wohl zuviel davon eingeatmet, sie ist dann nicht mehr aus der Streichholzschachtel rausgekommen.»

«Spinnen sind heilige Tiere, man darf sie nicht töten, sie haben die Muttergottes gerettet. Als die Heilige Familie aus Jerusalem floh, haben die Spinnen ein so dichtes Netz um die Straße gewoben, dass die Schwerter von Herodes' Soldaten nicht durchdringen konnten.»

Sie erzählte und erzählte – zum Beispiel, dass Jesus in seiner Kindheit zwölf Vögelchen aus Ton belebt und einen Wasserkrug an einen Sonnenstrahl gehängt habe, dass er übers Wasser gegangen sei oder auch, dass er einen gesalzenen Fisch zum Leben erweckt und einen Sturm zum Erliegen gebracht habe. Schließlich schlief sie unter dem Federbett ein, während sie in der linken Hand fest eine gesegnete Medaille hielt.

Einmal während eines Gewitters besuchte uns Natka Roschenko. Wir kannten sie nicht gut, wussten eigentlich nur, dass sie eines der Mädels von Cynga war, der Mitte der Achtzigerjahre Gott weiß woher im Dorf aufgetaucht war, mit dem Herrn Direktor und dem Bürgermeister in der Wirtschaft herumsaß und im Keller des Waldamphitheaters an der Landstraße den Nachtklub *Pawian* gegründet hatte. Mama wusste das alles, lud aber Natka trotzdem hin und wieder in unser Haus ein, weil sie billig ungarische T-Shirts und Tücher mit Goldfäden verkaufte. Und wie hätte man auch während eines Gewitters jemanden nicht ins Haus lassen können?

Ich saß unter dem Tisch und spielte Zuhause, in der stickigen Augusthitze vermischten sich verschiedene Gerüche: modriges Stroh in den Matratzen, Wäschestärke, Katzenpisse. Ich streckte den Kopf hinaus, unter dem Kronleuchter baumelte hypnotisch der Fliegenfänger. An der Wand hing neben dem Andenken an meine Erstkommunion ein Porträt von Großmutter Sabina. Die schöne Frau mit dem dunklen Teint, in einem Kleid aus blaugrauem Georgette mit weißem Spitzenkragen, blickte mich aus dem Bild heraus an. Hinter der Glasscheibe wogte ihr rabenschwarzer Zopf. Ich sehnte mich nach ihr, obwohl ich sie nie kennengelernt hatte.

Als Mama eingeschlafen war, trank Natka ihren Kaffee aus, kam zu mir unter den Tisch, setzte sich neben mich und lächelte seltsam.

«Wenn du willst, erzähl ich dir ein Märchen. Na? Oder vielleicht spielen wir Kitzeln?»

Als ich nicht antwortete, strich Natka ihr schwarzes Haar zurück und legte ihren schlanken Arm um mich. Ihr Parfüm roch nach Moschus. Sie knöpfte die Bluse auf und entblößte ihre Brust. Ich zitterte vor Ekel, aber sie schien das anders zu interpretieren. Sie steckte ihre Hand in den Slip und schloss halb die Augen. Zum Glück hörte das Gewitter auf. Jemand klopfte an die Tür. Mutter machte Licht. Ich flüchtete unter dem Tisch hervor und schrie: «Mama, Mama, unter dem Tisch sind Spinnen aus Jerusalem!»

Wellen

Mir war seit dem Morgen schlecht, und ich hatte keine Lust auf die gebratene Blutwurst mit Zwiebeln, die Großmutter zum Frühstück gemacht hatte. Ich floh ins Freie und beschloss, Großvater aufs Feld zu begleiten. Als sich herausstellte, dass die Schneeschmelze in der Nacht die Wiesen überflutet hatte, gingen wir nach Hause zurück, vorbei an faulenden Heuhaufen, Berberitzensträuchern, einer Reihe von Apfelbäumen. Unter den Schuhen knirschten die Schalen von Weinbergschnecken. Die Erde roch nach verrotteten Wurzeln, Schlamm und Kardamom.

«Ostern 1913 war es auch so nass», begann Großvater zu erzählen, der an diesem Morgen gesprächiger war als sonst. «Es regnete fast ununterbrochen. Die Wassermassen wurden zu einem reißenden Bach. Es goss wie verrückt, und die Nachbarn, weißt du, die Balwierka und ihre Familie, deren Haus in einer Senke lag, sind in der Nacht geflohen und haben vergessen, die Fenster und Türen zu schließen, und das Wasser hat ihnen die geweihten Osterkuchen und die Wurst mitgerissen.»

Großvater stocherte mit dem Stock in der Brühe, die in einem Graben schäumte. Drahtschlingen tanzten im Wind wie die Seile unsichtbarer Erhängter.

«Und das zweite Unwetter traf direkt die Ernte. Neben unserem Feld war das vom Gemeindevorsteher, wo der Hafer schon zu Mandeln aufgestellt war. Was war das für ein Anblick, als das Wasser diese Bündel forttrug und sie wie ein Heer schwammen: eins hinter dem anderen zum Fluss, wenn ich's dir sage. Manche blieben an Baumkronen hängen, zerfielen zu einzelnen Garben und trieben davon, wer weiß, wohin.»

«War bei euch in Brudzowice auch eine Überschwemmung?»

«Nein, wir haben auf einem Hügel gewohnt, aber ich habe sowieso oft den Wasserstand geprüft, indem ich einen Stock in die Erde steckte. Am Nachmittag ging ich nachschauen, ob das Wasser fällt oder steigt. Ich schaue, da sehe ich ein paar Hasen, die vor dem Wasser fliehen. Sie haben sich im Gras versteckt, ich wollte einen greifen, da sagte Mutter: ‹Lass sie, die wollen auch leben, beeil dich, nimm das Pferd und reite auf die Weide zum Vieh.› Denn das Vieh war den ganzen Sommer da, und in einem nassen Jahr herrschte die Maul- und Klauenseuche, eine Krankheit, die das Hornvieh befällt.»

Ich hörte Großvater nicht mehr zu, der gerade anfing, von der dritten Welle zu erzählen. Mein Bauch tat weh. Über den Feldern kreiste ein Hubschrauber aus dem Landkreis.

Als wir heimkamen, stand die Sonne über Kolonia. Es war kurz vor Mittag. Verschlafene Fliegen kreisten über einem dampfenden Misthaufen. Das Wasser floss durch die Rinnen in Strömen vom Dach und bombardierte die Knospen der Osterglocken. Über den Hof, der aussah wie ein schmutziger, nasser Putzlappen, spazierten schneeweiße Tauben. Durch die Scharten im Zaun, in dem Latten fehlten, die Großvater im Februar abgesägt hatte, als es an Kohle mangelte, schimmerten die grellen Flecken der überschwemmten Felder. Am Zaun erlosch langsam der kleine Ofen mit dem kaputten Rohr, an dem die Patina abblätterte. Unter einer Plane zwischen jungen Brennnesseln standen die Schienbeine einer verrosteten Egge heraus.

Großmutter kratzte für die Hühner die Reste der gestrigen Kartoffeln aus dem Topf und sagte, ich solle nachschauen, ob im Schweinestall, in den Brennnesseln oder auf der Banse in der Scheune frische Eier seien. Ich brachte ihr ein paar im Kornsieb, setzte mich auf den feuchten Stamm vor der Scheune und zeichnete mit einem Stöckchen eine Spirale auf die Erde. Plötzlich spürte ich einen starken Krampf im Unterbauch. Eine warme Welle floss über meinen Damm und die Schenkel. Ich lief ins Haus.

«Kann man daran sterben, dass man verblutet?», fragte ich Großmutter. Sie steckte beunruhigt den Kopf aus dem Keller, wo sie die Kartoffeln aussortierte, und als sie den roten Fleck auf meiner Strumpfhose sah, wusste sie sofort, was los war. Über die Leiter stieg sie aus dem Keller herauf, schlappte in den Gummistiefeln in ihre Stube und zog unter der Matratze ein paar gestärkte Leinenfetzen hervor.

«Wasch die Flecken in kaltem Wasser aus, und leg dir dann das hier rein. In ein paar Tagen ist es vorbei. Mama kauft dir morgen im Kiosk Watte, und jetzt stör mich nicht, bis morgen sind die Kartoffeln nämlich verfault.»

Ich lief in den Hof. Die Sonne, weiß und gesprenkelt wie ein Gänseei, brannte mir auf den Wangen. Über dem Trog, der mit fermentiertem Hafer gefüllt war, kreisten Schmeißfliegen. Ich ging zum Kaninchenstall und schlief im frischen Heu ein. Im Traum sah ich weinrote Pusteblumen.

Gienek, der Mähdrescherfahrer

Nach vier Uhr wurde es im Februar draußen dunkel. Die Luft roch nach Metall. Im Netz der vom Frost angespannten Telegraphendrähte klang ein fast unhörbarer Blues. Das Haus erfüllte sich mit dem Geruch von erhitztem Schmalz. Die Katzen holten sich aus dem Kohlenkasten Eierschalen oder leere Vanillezucker-Tütchen und spielten unter dem Tisch damit. Ich saß auf dem Hocker am heißen Ofen und versuchte, für Handarbeit eine Brosche zu basteln: einen Schmetterling aus einem Stückchen Draht, einer Sicherheitsnadel und einem Fetzen Nylon. In der Schublade hatte ich mehrere Strumpfhosen gefunden, auf denen stand: «Damenstrumpfhose aus Stylon, keine Laufmaschen.» Die bekam Mutter auf der Arbeit jedes Jahr zum Frauentag. Doch sie waren alle fleischfarben oder kaffeebraun, und statt eines Schmetterlings kam eine Motte heraus, von «leicht schwankendem Wesen», wie Vater jeden Montag von sich selbst sagte, wenn er mit geröteten Augen im Morgengrauen von seiner Partie Poker zurückkam und sich gähnend ein Glas Wasser mit Bullrichsalz gegen den Kater machte. Schließlich verlor ich die Lust und sagte zu Mutter, die auf dem Brett das letzte Stück Teig für das Schmalzgebäck auswellte, ich müsse zur Schneiderin, um ein farbiges Stück Nylon für die Brosche zu bekommen.

«Du solltest mir beim Backen helfen und nicht durchs Dorf rennen», erwiderte sie vorwurfsvoll.

«Ich muss die Brosche für die Schule fertig machen, Mama, sonst krieg ich eine Sechs.»

«Also gut, dann geh, wenn du unbedingt willst, aber trink das zuerst.» Sie hielt mir ein Glas Karottensaft unter die Nase, den ich als führende Anämikerin der Familie abwechselnd mit einer Brühe aus Leinsamen ein paarmal die Woche trinken musste. Mama rieb zuerst Karotten auf einer stumpfen Reibe und drückte dann die orangene Pampe durch ein Tuch in eine Schüssel. Der Saft hatte einen Beigeschmack von Rost und Kernseife. Mir wurde schon beim bloßen Anblick schlecht, aber ich musste ihn trinken, wenn ich einen weiteren Besuch bei Doktor Kwiecień vermeiden wollte.

«Pass auf dich auf und nimm die Taschenlampe, es ist stockfinster draußen.» Sie begleitete mich bis zum Gartentor.

Ich versuchte, auf dem mit Eisflechten bedeckten Weg zu schlittern, und summte die Ballade *Hej, Zigeuner, wo gehst du hin?*. In allen Häusern von Hektary, Kolonia und Świnica waren die Lichter an. Aus Schornsteinen, Essen und Ritzen in den Fenstern drang der Gestank nach verbranntem Fett. Die Leute bereiteten Leckerbissen für den Schmutzigen Donnerstag zu.

Plötzlich trat Gienek, der Mähdrescherfahrer, aus der Dunkelheit. Er schob sein Fahrrad, besser gesagt, sein Fahrrad schob die hundertdreißig Kilo Gienek, und zwar zu Rouladen mit Kraut im Gasthof *Jupiter* an der Landstraße. Im Winter schien Gienek ein anderer zu sein als während der Ernte, wenn er lächelnd und braun gebrannt mit dem Mähdrescher des Landwirtschaftskreises vor unser geöffnetes Scheunentor fuhr. Jetzt sah er aus wie ein Gipsabdruck seiner selbst: Sein Gesicht war aufgedunsen, und er atmete schwer. Er hielt jeden Moment an und zog mit einer Hand die Arbeitshose hoch, die unter dem Bauch mit einer Schnur zusammengehalten wurde.

«Hallo Gienek.»

«Wer ist da? Ah, du bist's, Kleine. Gehst du in die Religion?»

«Nein, Religion ist freitags, in dem Haus am Waldrand. Ich geh zu Frau Stasikowa. Was hast du denn da?» Ich zeigte auf sein Netz, in der Hoffnung, er würde mir etwas von seiner Limonade anbieten.

«Das hab ich im Kiosk gekauft, zum Aufwärmen. Willst du einen Schluck?» Er zog eine grüne Flasche mit Birkenwasser heraus.

«Nein danke. Hast du ein Bonbon?»

«Willst du ein Bonbon haben, musst du zu Gienek traben, hat er eines bei sich, kriegst du's, und du freust dich», kicherte er und zeigte seine Zahnlücke. Dann kramte er in der Hosentasche und zog ein Karamellbonbon heraus, an dem Tabak und Spelzen klebten, und fuchtelte mir damit vor der Nase herum. «Kriegt Gienek dafür auch ein Küsschen?», begann er zu schäkern. «Hej, sei nicht so, gib mir einen Kuss.»

«Nur ein Kuss, dann ist Schluss.»

Ich gab ihm einen Schmatzer auf die kratzende Wange, nahm das Bonbon und rannte zur Schneiderin, aber ich traf sie zu Hause nicht an. Die Fenster waren dunkel. Auf dem mit Asche bestreuten Weg zur Scheune zeichnete sich ein verzweigtes Muster von Hühnerspuren ab. An der Tür hing ein Zettel: «Bin bei der Schwester, Fastnetküchelchen backen. Komme gleich wieder.»

Ich wusste, dass in Frau Stasikowas Wortschatz «gleich»

gut und gern zwei Stunden bedeuten konnte, also wartete ich gar nicht erst und machte mich auf den Heimweg. Unterwegs spielte ich mit der Taschenlampe, ich beleuchtete Astlöcher in den Zäunen und mit grauen Schneepelzen bedeckte Wiesen, auf denen Hunde Knochen verstreut hatten, die vom Schweineschlachten zu Fastnacht übrig waren. Ich schaltete die Lampe aus und an, als unterhielte ich mich durch Morsezeichen mit den blattlosen Bäumen. An der kleinen Brücke blieb ich stehen, um Lichtreflexe auf den gefrierenden Bach loszulassen, und sah im Graben ein seltsames Bündel liegen. Ich wäre weitergegangen, wenn das Bündel nicht zu stöhnen angefangen hätte. Vorsichtig stieg ich hinunter und hielt mich an Weidengerten fest, die aus dem Schnee herausstanden. Es war Gienek. Er lag zusammengekrümmt da und hielt krampfhaft den Rahmen des Fahrrads fest, als hätte er Angst, in einen Abgrund zu fallen, wenn er losließe.

«Gienek, Gienek, wach auf.» Ich stupste ihn an. Er öffnete die Augen und rülpste mir den säuerlichen Geruch des Gasthofs direkt ins Gesicht.

«Was ist passiert?»

«Ich bin ausgerutscht, auf dem Rückweg vom *Jupiter*.»

«Bleib ruhig hier liegen, ich hole Hilfe.»

«Zo... sia ...du ...? Ich ... lieg ... nich ... ich ... schwi...», begann er undeutlich zu flüstern, als hätte er etwas verschluckt. Ein Tropfen hellrotes Blut rann ihm aus der Nase.

«Gienek, ich bin's, Wiolka, Zosias Tochter.»

«Ich lie... Zo...sia ...», murmelte er und verlor das Bewusstsein.

Ich versuchte, ihn wiederzubeleben, indem ich ihm mit

der Taschenlampe ins Gesicht leuchtete, aber Gienek reagierte nicht, er ließ das Ledersäckchen los, das am Rahmen des Fahrrads festgemacht war, und schwebte davon – in eine nur ihm bekannte Richtung.

Deckel mit Löchern

Noch war die Lauretanische Litanei in meinen Ohren nicht verklungen, denn wie immer um diese Jahreszeit hatte ich sie auf den Maifeiern unzählige Male hören und mir an den geschmückten Bildstöcken und Kreuzen die Füße in den Bauch stehen müssen, da erinnerte ich mich, dass Vater beim Mittagessen erwähnt hatte, wir könnten Maikäfer jagen. Wie ein Kugelblitz fegte ich durchs Haus, holte aus der Schublade am Tisch ein Glas mit Schraubverschluss und ging zu Vater, der neben dem Baumstumpf hockte und an einem trichterförmigen Gerät bastelte.

«Machst du mir Löcher rein?» Ich legte den Deckel des Glases auf den Baumstumpf.

«Gehst du Maikäfer fangen?»

«Das hast du doch gesagt.»

«Ja, höchste Zeit, die Viecher loszuwerden.»

Als ich mein Brot gegessen hatte, das mir im Dunkeln immer besser schmeckte, hörte Vater auf, mit dem Nagel den Deckel zu durchlöchern, unter den er ein Stück Sperrholz gelegt hatte.

«Reicht das?», fragte er und zeigte mir den Deckel, der durchlöchert war wie ein Sieb.

«Ja, Papa, das reicht. Danke.»

Ich drehte das Glas zu und lief auf die Wiese hinter der

Scheune. Auf einem ausgetretenen Stück Gras blieb ich stehen wie in einem Boxring. Die Mailuft roch nach Jasmin und Karamell. Von den Apfelbäumen her kamen schwere, saftige Maikäfer geflogen. Einer schoss wie ein Miniaturbomber an meiner Stirn vorbei und berührte mich mit den Flügeln. Ich rannte ihm im Dunkeln nach, barfuß im feuchten Gras, bis ich ihn schließlich – zack, zack – mit der offenen Hand erledigte. Das betäubte Insekt fiel ins Gras. Angewidert nahm ich es in die Hände und warf es in das Glas. Ich jagte noch eine Stunde lang und spürte, dass eine Veränderung in mir vorgegangen war: Ich sah alles klarer und setzte die Füße wachsamer in der Dunkelheit.

Als das Glas mit einem Schwarm von Maikäfern gefüllt war, setzte ich mich müde neben die Hütte von Teddy, der sich auf dem Boden wälzte und die Flöhe abschüttelte. Die in das Glas gequetschten Käfer sahen aus wie rotbraune Kügelchen von einem fusseligen Pullover oder eine Puppe aus Kletten.

Ich schaute in den Schweinestall. In einem Verschlag aus Leisten drängten sich junge Truthähne auf dem Heu und pickten gehäckselte Schafgarbe. Ich zögerte. Es tat mir leid, ihnen die Maikäfer zum Fraß vorzuwerfen. Schließlich drehte ich das Glas auf, schüttelte die halb lebigen Insekten heraus und lief weg, damit ich das Gemetzel nicht mit ansehen musste, das in dem Verschlag losging. An der Tür blieb ich mit dem Hosenbein an einem Nagel der Hühnerleiter hängen, und die Holzkonstruktion fiel um, direkt auf mich drauf.

Die Tenne war feucht und warm. Der ganze Raum des Schweinestalls wurde plötzlich hell und zerfiel wie ein Mosaik in kleine Stücke. Die Schwalben grüßten mich mit ihrem durchdringenden «tiwit-tiwit» aus ihrem Nest auf dem Dachsparren. Ich spürte ein Kribbeln in der Gegend der Schulterblätter. Plötzlich wurde ich leicht wie ein Fetzen Plastik. Ich stieg nach oben und setzte mich auf die Scheibe des gekippten Fensterchens. Ich flog hinaus und kreiste eine Weile über dem Obstgarten. Der Himmel war durchlöchert wie der Deckel meines Glases – von Sternen. Durch die Löcher schimmerte eine andere Schicht durch, gleichsam das Futter. Aus der Vogelperspektive sah ich das ganze Dorf, mit dem braungrünen Wald im Norden und den weißen Kreisen des Dolomitenbergwerks im Osten. Fast war ich durch den Deckel schon zu dem anderen, dem zweiten Himmel durchgestoßen, da klatschte mir jemand auf die erhitzten Wangen.

Ich erfuhr nie, wer mich unter der kaputten Hühnerleiter hervorgezogen und aus dem Schweinestall herausgebracht hatte. Kurz vor der Tür unseres Hauses kam ich zu mir. Mutter sagte, ich sei von selbst gekommen, mit zerzausten Haaren und furchtbar verdreckt. Unverhofft funktionierte unser *Rubin* wieder, der alte sowjetische Fernseher, und alle Hausbewohner saßen wie hypnotisiert da und starrten auf den flimmernden Bildschirm, auf dem die Sklavin Isaura auftauchte und wieder verschwand. Nach einem Bad legte ich mich auf die Couch im Esszimmer und konnte lange nicht einschlafen. In meinen Ohren summte es, mein Kopf tat weh, und die Haut auf dem Rücken brannte. Über Hektary war der Mond aufgegangen. Auf seiner blassen Scheibe und auf meinem Gesicht erschienen immer mehr Windpocken.

Das Geheimnis der Schneiderin

An diesem Abend konnte ich den Besuch bei der Schneiderin kaum erwarten, aber Mama sagte, ich solle zuerst das Kompott in die kühle Diele stellen und dann von innen das Haus verriegeln. Einen Schlüssel benutzten wir nicht, weil er immer wieder verloren ging. Während Mama im Hof wartete, ging ich zur Tür der Veranda und schob den Riegel vor. Danach rochen meine Finger nach Rost. Hinter dem Vorhang, der von Schmutz und Fliegendreck ganz schwer war, öffnete ich die kleine Tür und sprang in den Schweinestall. Die Hühner dösten auf ihrer Leiter. Die Kuh leckte an der Steinwand. Ich kletterte zu dem mit Spinnweben beklebten Fensterchen hoch und sprang hinaus in die frostige Luft.

Mutter gab mir die Hand. Wir gingen querfeldein. Allmählich wurde es dunkel. Das reifbedeckte Gras knirschte unter unseren Schuhen. Nach einer Viertelstunde Fußmarsch schimmerte in der Ferne das Haus der Schneiderin. Ich klopfte ein paarmal an. Niemand machte auf, obwohl wir drinnen Schritte hörten. Aus dem Taubenschlag sprang die Katze, ein Küken im Maul. Mama ging zum Küchenfenster, klopfte noch einmal und flüsterte: «Frau Stasikowa, machen Sie auf. Wir sind's. Für die Renovierung der Kirche sammeln sie nächste Woche, und die Zähler werden erst morgen Vormittag abgelesen. Ich weiß es, weil Janek sich verplappert hat.»

Kurz darauf ging die Tür auf. Wir gingen durch die nach Sauermehlsuppe riechende Diele in eine helle Stube. Unter der Decke hingen an einem Besenstiel Kostüme, Georgettekleider, mit altmodischen Borten und Fransen verzierte Mäntelchen, verschrumpelte Jacketts baumelten wie Erhängte. Am Fenster stand eine Singer-Maschine, in den Fächern der Kredenz sah ich inmitten des Kristalls eine Schachtel mit Stecknadeln, neben dem Brotkasten ein Einmachglas mit Knöpfen; in der Zimmerecke stand eine Schaufensterpuppe mit geplatztem Schädel – behängt mit Zackenlitzen und gestärkten Servietten und auf einen Stock gespießt wie eine Strohpuppe, die verbrannt wird, um den Winter auszutreiben. Aus einer Schachtel hinter der Lampe schauten Fingerhüte, Knöpfe, Stecknadeln, Ösen, Druckknöpfe, Aufnäher, Klettverschlüsse und Vlieseline heraus.

Mutter legte den Stoff auf den Tisch und löste den Bindfaden. Ein rosaroter Strom ergoss sich auf die schmutzige Platte. Bewundernd betrachtete die Schneiderin das Gewebe und streichelte darüber, als wäre es der Körper ihres verstorbenen Mannes.

«Das ist ja eine Pracht, und wie gleichmäßig eingesäumt. Den hast du nicht in Koziegłowy gekauft, oder?»

«Nein, den hat meine Schwester aus Kattowitz gebracht. Angeblich stand sie dafür den ganzen Tag in der Schlange. Und? Was meinen Sie?», fragte Mutter mit einer Spur Unsicherheit in der Stimme. «Kann daraus ein Kleid für den Abschlussball werden?»

Die Schneiderin taxierte mich mit dem Blick, breitete den Stoff aus, legte den Ellbogen an und erwiderte dann:

«Nur bis zum Knie. Und das auch nur, wenn ich mir große Mühe gebe.»

«Bis zum Knie? Nein. Was würde denn da die Direktorin sagen? Es muss länger werden, Frau Stasikowa», Mama griff nach ihrer Handtasche – «vielleicht kann man ja was ansetzen?»

«Um Gottes willen! Was soll man denn da ansetzen? Es sieht ja ein Blinder, dass der Stoff aus dem *Pewex* ist.»

Von da an ging ich regelmäßig zur Schneiderin zum Anprobieren. Ich gewöhnte mich an den Geruch der Diele und des Hauses. Die Schneiderin machte sich an das Kleid für den Abschlussball, sie heftete den Stoff und umwickelte mich damit wie eine Mumie. Alles, was sie tat, geschah in großer Konzentration, sie rechnete im Kopf etwas aus, zeichnete den Schnitt auf graues Papier, und ganz zum Schluss warf sie alle Restchen und Fetzen vom Tisch auf den Boden, kochte Tee, bot mir Hefekuchen an, zeigte mir ihr Hochzeitsbild, das über der Kredenz hing, und erzählte von ihrem Mann. Dann legte sie die Karten aus und weissagte mir, immer dasselbe: dass ich zwei Kinder haben würde, einen Jungen und ein Mädchen, dass mich Auslandsreisen, Ruhm und Geld erwarteten, und wenn sie zum Schluss hinzufügte, dass ich in der Liebe kein Glück haben würde, verließ ich unter irgendeinem Vorwand den Tisch. Die Schneiderin schaltete *Rückkehr nach Eden* ein, und ich spielte mit der Katze, stöberte in Säcken mit Stoffresten und schaute in alle von Licht und Schatten gefächelten Ecken. Nur in ein Zimmer durfte ich nicht. Natürlich versuchte ich ein paarmal, das Verbot zu umgehen, aber der Raum war leider immer verschlossen.

In der Nacht dachte ich oft an Frau Stasikowas Zimmer.

Einmal stellte ich es mir als Kapelle vor. Nur sah ich anstatt eines Heiligenbildes darin einen goldenen Käfig mit Wellensittichen. Ein andermal hatte ich den Verdacht, der Raum würde aussehen wie eine Theatergarderobe, mit Toilettentisch und Kostümen. Im Traum betrat ich das Zimmer und probierte Perücken und bunte Kleider an.

Einmal verwechselte ich die Tage, weil wir in der Schule eine schwierige Mathearbeit hatten, und statt wie sonst immer am Mittwoch ging ich am Dienstag zur Schneiderin. Zu meinem Erstaunen war die Haustür nur angelehnt. Ich ging in die Stube. Die Katze schlief auf einem Kissen. Auf der Kredenz tickte die Uhr. Ich kam auf einen verrückten Gedanken – da die Schneiderin nicht da war, könnte ich einen Blick in das verbotene Zimmer werfen. Ich blieb davor stehen und dachte: «Sesam, öffne dich», dann schob ich die schwere Tür auf und schaute hinein. In dem Zimmer herrschte Dämmerlicht. Als meine Augen sich an die Dunkelheit gewöhnt hatten, sah ich eine Art Jagdzimmer. An den Wänden hingen ausgestopfte Vögel, Hirschgeweihe und ein Gewehr. Auf dem Bett saß die halb nackte Schneiderin und wiegte sich rhythmisch auf einer ausgestopften, mit einem Männeranzug bekleideten Puppe.

Der Leberfleck

Wohin fahren Sie denn so allein, Fräulein? Nach Tschenstochau? Der Zug zuckelt ja heute dahin, ach je, aber bald kommt Korwinów. Und woher sind Sie? Aus Hektary? Das gibt's ja nicht. Da hab ich auch mal gewohnt. Erinnern Sie sich an den Birkenwald? Als Kind bin ich dort in die Pilze gegangen, mit Jadzia von den Nowaks. Oh, Jadzia war schön, wie gemalt. Sie sehen ihr ein bisschen ähnlich, Fräulein.

Was wollte ich sagen? Ah ja. Vor dem Krieg, da gab's Champignons wie Sand am Meer. Sie wuchsen unter den jungen Birken. Man musste nur aufpassen, dass man sie nicht verwechselte. Wir haben sie mit Salz bestreut und auf den Herdringen gebacken. Ich hab im Leben nichts Besseres gegessen. Die schmeckten himmlisch.

Ach Gott, wer wäre auf dem Dorf vor dem Krieg auf die Idee gekommen, den Kindern Spielzeug zu kaufen. Nicht mal einen Abort hat's gegeben, nur einen Eimer in der Diele. Die Mädchen haben mit Puppen aus Mais gespielt. Wissen Sie, wie man solche Puppen macht, Fräulein? Wenn die Maiskolben noch unreif sind, wachsen da grüne und lila Haare. Solche Kolben hat Jadzia geliebt. Ich bin hinters Feld vom Pfarrer gegangen und hab ihr unter dem Hemd immer ein paar mitgebracht, dass sie was für später hatte.

Im Juli 1939 haben wir fast jeden Tag in unserem Tal gespielt. Früher ist dort ein Bach geflossen. Das Wasser war kalt und seicht, aber wir wollten schwimmen, deshalb haben wir Steine an-

geschleppt und Stöcke. Zwei Tage lang haben wir uns gequält, aber als der Staudamm fertig war, ist das Wasser angestiegen und hat einen kleinen Tümpel gebildet. Wir haben dort den ganzen Tag geplanscht, mit Klettenblättern auf dem Kopf. Wenn wir keine Lust mehr zum Planschen hatten, haben wir uns unter der Eiche ausgeruht. Die Eiche steht immer noch da, oder? Nicht mal die Deutschen haben sie angerührt. Ha! Unter dieser Eiche hat Jadzia gern gelegen, das Wild aus den Wolken verscheuchen, wie sie sagte. Gegen fünf gingen wir meistens heim. Jadzia und ich haben uns manchmal heimlich in die Scheune der Sitkowa geschlichen, das war unser Geheimnis, wir haben uns auf die Banse gestellt, die voller Stroh war, und sind auf Säcken heruntergerutscht. Ich bin ganz auf die Spitze geklettert, mit einem Hut voller Spreu, den hab ich dann ausgeschüttet, sodass die Spreu auf den Dreschboden regnete. Jadzia hat das gut gefallen, bis ihr einmal eine Spelze ins Auge geflogen ist, da hat sie angefangen zu heulen und ist nach Hause gerannt.

Einmal hab ich mich gebückt, um Spreu in den Hut zu sammeln, und da ist mir, wissen Sie, das Hemd geplatzt. Jadzia hat mein Muttermal auf dem Rücken gesehen, den Leberfleck, wie wir damals sagten. Sie hat gelacht und ist weggelaufen. Ich bin ihr nachgerannt, aber sie hat sich hinter einem Holzschuppen versteckt, diese Göre.

Am nächsten Tag habe ich einen Bogen aus einem Haselstock geschnitzt, hab mir ein Schmalzbrot geschnappt und bin losgegangen, die Kinder suchen. Ich wunderte mich, dass sie auf dem Weg schon auf mich warteten. Ich lief hin, um meinen Bogen zu zeigen.

«Hexenbankert! Hexenbankert!», riefen sie.

Ich ließ den Bogen los. Sie traten auf ihm herum. Die Sehne ging kaputt. Sie schmissen mich um, bespuckten mich, warfen Kuhfladen und faule Eier nach mir. Ich versuchte mich loszureißen, schützte das Gesicht mit den Händen … Schließlich rollte ich in den Graben und flüchtete aufs Feld. In einem Heuhaufen hab ich mich versteckt. Als es Abend wurde, hörte ich meine Mutter rufen. Ich kletterte aus dem Heuhaufen, wusch mich in einem Bottich und lief nach Hause. Unterwegs schluckte ich Luft, Blut, Tränen. Mutter wartete mit einer Karbidlampe in der Diele auf mich. Als sie mich sah, bekreuzigte sie sich, denn ich sah schrecklich aus mit dem blauen Auge und dem zerrissenen Hemd. Aber was die anderen Kindern getan hatten, davon sagte ich kein Wort.

Mutter machte Feuer, holte den hölzernen Zuber hinter dem Vorhang in der Diele hervor und bereitete mir ein Bad. Das warme Wasser beruhigte mich ein bisschen. Als das Wasser abgekühlt war, half Mutter mir heraus, wickelte mich in ein Laken ein und tupfte Jodtinktur auf die Wunden. Ich konnte nicht einschlafen und wälzte mich im Bett bis zum Morgen. Alles war plötzlich wieder da, und mir kam es vor, als wäre unter den Kindern, die mich verprügelt hatten, auch Jadzia gewesen.

Zu Mariä Himmelfahrt pflückte ich Lilien, Malwen und was ich so im Garten fand, und rannte zum Bildstock. Regen prasselte auf das Kreuz, und ich bat die Muttergottes, Jesus und alle Heiligen, dass der Regen meinen Leberfleck wegwaschen soll. Aber der Leberfleck verschwand nicht. Ich schmierte ihn mit dem Saft von Schöllkraut ein, so wie Mama meine Warzen behandelte, aber es nützte nichts. Der Leberfleck blieb an derselben Stelle, nur hatte er sich durch das Schöllkraut in eine rostrote Landkarte verwandelt.

Der erste Schultag 1939 fiel auf den 4. September, wissen Sie. Ich hatte überhaupt keine Lust, in die Schule zu gehen. Ich hatte

Angst, dass die Kinder sich an meinen Leberfleck erinnern und mich wieder hänseln würden. Ich stopfte mich mit unreifen Äpfeln voll und bekam Bauchweh. Mutter gab mir ein Gläschen selbst gemachten Walnusslikör, und nachmittags fühlte ich mich ein bisschen besser, aber in die Schule musste ich nicht. Wissen Sie, der Krieg war ausgebrochen, und ich bin zu Hause geblieben. Die Leute im Dorf waren unruhig, sie schauten in die Brunnen, gingen von der Scheune in den Schweinestall und vom Schweinestall in die Scheune, guckten nach, ob die Türen zum Keller und zum Heuschober geschlossen waren.

Als Mutter zur Nachbarin ging, hielt ich es nicht mehr aus. Ich verließ das Haus und ging zu Sitkowas Scheune. Ich setzte mich auf einen Baumstumpf und schnitzte mit dem Taschenmesser einen Stock. Plötzlich ging das Tor ein Stück auf. Ich sah den Rand einer Schürze aus Perkal. Es war Jadzia. Sie öffnete die Kiste hinter der Dreschmaschine, wo sie immer ihre Mais- und Strohpuppen, ihre Steinchen und Kronkorken aufbewahrte. Ich freute mich und rannte zu ihr hin.

«Hallo Jadzia!»

Und wissen Sie, Fräulein, sie sagte kein Wort zu mir. Sie schmollte und zeigte mir die kalte Schulter. Wir setzten uns auf den obersten Balken, beinahe unter der Decke der Banse, und schauten durch ein Astloch im Brett auf unsere kleine Höhle hinunter. Ein kühler Wind scheuchte die Rebhühner auf. Es wurde allmählich Herbst, aber ich war glücklich, dass Jadzia wieder da war.

«Na, wie geht's, du Teufelsbrut?», platzte sie plötzlich heraus.

Ich wusste, das war kein Spaß, ich wusste, sie war nicht mehr meine Jadzia, sie war eine fremde Göre aus dem Dorf. Ich schubste sie mit ganzer Kraft. Oh Gott, sie ist auf die Häckselmaschine gefallen. In einer großen Blutlache hat sie gelegen. Ich bin aus der Scheune in den Wald geflohen. In der Antonius-Kirche läuteten die Glocken.

Sie sind blass, Fräulein. Ein bisschen Wasser? Ich hab immer Mineralwasser bei mir, damit ich die Tabletten runterspülen kann. Schauen Sie, Fräulein, kaum hat man sich's versehen, da sind wir schon in Stradom. Hier steige ich aus.

Die Frau mit dem Hund

Als wir mit einem Wagen alle Garben mit reifen Mohnkapseln vom Feld geholt hatten, ging Mutter hinter das Haus, um eine Zigarette zu rauchen, und schlief unter dem Apfelbaum am Teich ein. Als sie wieder wach geworden war, rief sie mich zu sich. Ich legte mich neben sie, und während ich an einer Mischung aus frisch ausgepulten, weinroten, violetten und grauen Mohnkörnern kaute, schaute ich zum Himmel, der aus den Wolken immer wieder Zuckerwatte drehte.

Der Wind spielte in Begleitung der Stare eine falsche Melodie in den Dachrinnen, zerrte an der Plastikfolie über den Tomaten und ließ die Metallschilder an der Landstraße mit der Aufschrift «Produktion von Christbäumen» schaukeln. Es raschelte im Schilf. Eine Goldorfe sprang aus dem Teich. Mutter fing an, mir einen Traum von einer früheren Klassenkameradin, Stella Dynus, zu erzählen. Dabei war sie besorgt, dass sie sich bei der kleinen Stella womöglich auf geheimnisvolle Weise mit dem Schlafwandeln angesteckt haben könnte und bald – wie Stella früher – über die Felder laufen und in den Steinbruch rufen würde, dass die Deutschen kommen. Es war eine Art Matrioschka-Traum, denn im Traum glaubte Mama, sie sei Stella, Stella dagegen träumte den Traum von einem anderen Mädchen, der fünfjährigen Tochter der Kurzaks. Die kleine Kurzak wiederum war, wie man sich im Dorf erzählte, 1943 von den Deutschen erschossen worden, als Rache für einen Überfall auf das Zentrum der Hitlerjugend in der Nähe von Myszków. Man hatte sie hinter dem Feld des Priesters vergraben, dort, wo später die LPG entstand.

Stella ging als Einzige in der Klasse nicht in den Religionsunterricht, und die Kinder setzten ihr deswegen sehr zu. Mama dagegen war, wie sie selbst zugab, eher neidisch auf Stella, denn Stella unterschied sich von den anderen durch ihre vornehme Art und ihre eleganten Kleider. Eigentlich trugen ja damals alle Schülerinnen einheitliche Schürzen mit sich kreuzenden Bändern, weiße Leinenblusen und dunkelblaue Faltenröcke, aber Stella war immer etwas schicker angezogen: Sie hatte eine Stickerei auf dem Kragen, und sie trug Lackschuhe. Im Kunstunterricht saß meine Mutter neben ihr und borgte sich von ihr beidseitig verwendbare Buntstifte mit verschiedenen Farben an den Enden, die das Mädchen von Verwandten in Amerika hatte, ausländische Wasserfarben oder einen roten Kugelschreiber mit einer Multiplikationstabelle.

Kurz vor Ostern 1968 kam Stella manchmal gar nicht zum Unterricht oder sie kam später mit geröteten Augen. Im Dorf kursierten seltsame Gerüchte. Die nächste Nachbarin der Familie Dynus erzählte, dass das Mädchen mitten in der Nacht aus dem Haus gehe, im Nachthemd auf den Feldern herumirre und irgendetwas über die Deutschen schreie. Mama war der Meinung, jemand aus dem Dorf müsse die plötzlich unterbrochenen Träume der Kurzaks zu Ende geträumt haben, und aus irgendeinem Grund sei diese Aufgabe ausgerechnet der kleinen Stella zugefallen.

Nach Ostern kam Stella wieder einmal nicht in die Schule.

Mutter dachte, sie habe, wie alle anderen, die Windpocken und werde, mit Zinksalbe eingeschmiert, bald wieder in der Klasse erscheinen, aber sie kam nie wieder. Angeblich war sie mit ihren Eltern ins Ausland gezogen. Seit dieser Zeit hatte Mutter nie wieder etwas von Stella Dynus und auch nicht von dem tragischen Schicksal der Familie Kurzak während des Krieges gehört.

Eines Tages im August saß ich mit Mutter auf einer umgedrehten Wanne im Hof, und wir enthülsten Bohnen. Unweit, auf den Feldern der LPG, lärmten Arbeiter, die das Fundament zu einem neuen Gebäude aushoben. Zwei Bagger spuckten abwechselnd Schwarzerde auf das mit Weißem Gänsefuß bewachsene Stoppelfeld. In einem bestimmten Moment fuhr am Rand des Bauplatzes ein dunkelblauer Volkswagen vor. Die Räder blieben im Schlamm stecken. Aus dem Auto stieg eine elegante, schlanke Frau mit einer hellblauen Nylonjacke und weißen Knickerbockern, nach ihr sprang eine lohfarbene Promenadenmischung heraus.

Mutter ging zum Zaun und winkte mir. «Komm mal her, Wiolka, ich hab das Gefühl, die Dame mit dem Hund ist die kleine Stella aus meinem Traum», sagte sie. «Die ist aber groß geworden, Menschenskind!»

Die hochgewachsene Frau mit dem zu einem Pferdeschwanz gebundenen, kastanienbraunen Haar ging langsam in Richtung der Baustelle und stolperte über Brocken umgepflügter Erde. Vor dem Brigadeleiter, der an einem Baustellenwagen lehnte, blieb sie stehen. Sobald er die Frau sah, fuhr er sich instinktiv mit der Hand über die Wange und richtete sich ein wenig auf. Die Frau griff in ihre Tasche, zeigte dem Brigadeleiter einen alten Zeitungsausschnitt, erklärte ihm etwas und wies auf eine Stelle auf dem Stoppelfeld, wobei sie energisch gestikulierte. Doch der Brigadeleiter schaute das Papier gar nicht an. Er lehnte weiter an dem Wagen und versuchte seinen verdreckten Gummistiefel am Gras abzuwischen. Die Frau wollte sich nicht abwimmeln lassen, sie redete hartnäckig weiter, aber der Brigadeleiter klopfte sich an den Kopf und ging Richtung Feldküche davon, denn soeben hatte der Feierabend begonnen.

Der Wind riss den Zeitungsausschnitt fort und trug ihn über das Feld wie einen Miniaturdrachen. Der Hund lief ihm nach, aber das Papier machte in der Luft eine Korkenzieherdrehung und fiel in eine Kalkgrube. Über unseren Köpfen raschelten die goldbraunen Röllchen der Haselnussblätter. In dem Bottich unter der Dachrinne kräuselte sich das Wasser. Ein kühler Windhauch wehte. Mutter nahm den Korb mit den Bohnenschalen von ihrem Schoß und ging ins Haus, um eine Strickjacke zu holen. Ich stand immer noch am Zaun, stocherte an einer vermoderten Latte herum und schaute zu den Feldern der LPG hinüber.

Die Frau blieb noch einen Augenblick neben dem Betonmischer stehen und versuchte, mit einem älteren Arbeiter in einer Wollmütze zu sprechen, der aus einem Lastwagen herausschaute, aber auch er wollte nichts von ihr hören und verbarg sich wieder im Wagen. Schließlich ging sie enttäuscht wieder zu ihrem Auto zurück. Der Hund buddelte an einem Maulwurfshügel, jagte einem vertrockneten Blatt hinterher und folgte dann seinem Frauchen.

Die an der Feldküche versammelten Arbeiter schöpften wie ein einziger müder Organismus ihre Portion Bohnensuppe in den Aluminiumbecher und schauten ihr nach, wie sie langsam, mit wiegenden Hüften davonging.

Der Wind blies in ihre Jacke und hob sie über das Feld wie einen hellblauen Lampion.

Sauerkirschen

Es war der dritte Samstag im Juli. Großmutter weckte mich um sechs Uhr morgens. Ich hatte kaum Kraft aufzustehen, weil ich noch müde war von der Sauerkirschenernte am Tag zuvor. Schließlich quälte ich mich aus dem Bett, wusch mir das Gesicht mit kaltem Wasser und suchte im Schränkchen nach Salicylspiritus und einer Nadel, um den Spreißel herauszuziehen, der in meiner linken Hand steckte. Da ich nichts fand, sprühte ich nur ein bisschen Deo auf die Hand. Großmutter wartete im Hof vor dem Haus und rief:

«Tapfer, tapfer, sonst verpassen wir den Bus!»

Ich zog mich schnell an und lief durch die Diele in den Hof. Nach dem Regen roch die Luft nach dem Fleisch von Wassermelonen. Als wir hinter der Gartentür waren, hielt Großmutter bei den Kannen an und sagte, ich solle nachschauen, ob der Milchmann nicht Quark, Käse oder Butter von der Genossenschaft dringelassen hätte. Wie zum Trotz waren die Kannen an diesem Morgen leer. Wir schleppten uns über den gepflasterten Weg, beide mit zwei Eimern Kirschen, zu der Haltestelle im benachbarten Wojsławice.

Der morgendliche Bus nach Myszków war vollgestopft wie eine Blutwurst. Die Leute saßen, wo es nur ging: auf dem Boden, auf Säcken, auf Körben mit Obst. In Käfigen lärmten Tiere. Unter den Sitz floss der Saft von Sauerkraut. Ich hockte neben den Eimern mit den Sauerkirschen und schaute mir die Welpen an, die in einer Tasche dösten, neben beschlagenen Tüten mit Saubohnen. Der verschlafene Fahrer schenkte diesem Zoo keine Beachtung, er rückte die Mütze zurecht und war bemüht, Schlaglöchern auszuweichen, die zu den Weiden ziehenden Kühe zu umfahren und nicht im Graben zu landen.

Samstags waren auf dem Markt in Myszków alle Plätze besetzt, aber Großmutter schien das nicht zu beunruhigen. Sie ging auf einen bärtigen Mann zu, der auf einem Klapphocker für Angler saß und den Passanten Kartentricks zeigte.

«Gelobt sei Jesus Christus.» Der Mann sprach Großmutter an, als kennten sie sich seit Jahren. Sie antwortete nicht, zupfte nur an ihrem Kopftuch und gab ihm zwei zusammengerollte Hundert-Zloty-Scheine. Der Typ klappte ganz selbstverständlich seinen Stuhl zusammen, überließ uns seinen Platz und ging Richtung Pułaski-Straße davon.

«Was kosten die Kirschen heute?», rief Großmutter ihm noch nach.

«Siebzig.»

Ich kannte die Bräuche auf dem Markt nicht, also ging ich ein Stück weiter und legte die schmerzende Hand immer mal wieder auf eine kalte Mauer. Dann kehrte ich zu Großmutter zurück und half ihr mit einem Halblitertöpfchen die Kirschen abzuwiegen.

Plötzlich kam hinter einer Ecke Piotr, meine erste Liebe, hervor: neun gemeinsam durchgetanzte Samstage in der Disco. Er war in Begleitung einer vierzigjährigen Frau, die der Fernsehsprecherin Krystyna Loska wie ein Ei dem anderen glich. Sie blieben an einem Stand mit Bauernschuhen stehen. Sofort war mir klar, dass die Frau seine Mutter sein musste, eine bekannte Ärztin, von der er mir viel erzählt hatte. Ich wollte im Boden versinken, hätte mich am liebsten in einem Kirscheneimer versteckt.

«Mein Gott», dachte ich, «nimm mich fort von hier, nimm mich nur fort, und ich gehe dieses Jahr auch zur Christmette. Was heißt zur Christmette – ich gehe sogar auf Pilgerfahrt nach Tschenstochau, aber lass sie bloß nicht durch diesen Gang kommen. Er darf mich hier nicht sehen. Ich bitte dich! Mist, sie kommen!»

Rasch fuhr ich durch mein zerzaustes Haar, leckte meine Lippen ab. Ich hatte ein gerötetes Gesicht mit Sommersprossen, schmutzige Shorts, und ich sah aus wie sieben Tage Regenwetter. Ich steckte die vom Kirschsaft rot gefleckten Hände in die Taschen und versuchte mich hinter Großmutters Rücken zu verbergen. Es nützte alles nichts: Piotr sah mich trotzdem.

«Was machst du denn wieder, Maad.» Großmutter jagte mich da hinten weg. «Du kriechst ja in den Eimer. Hast du'n Geist gesehen oder was? Kauft, Leute, kauft Kirschen, gestern gepflückt, zuckersüß!»

Piotr sah mich verwundert an. Ich grinste mit Gewalt und winkte ihm zu, aber er antwortete nicht, sondern drehte den Kopf weg. Dann bogen sie links ab und verschwanden hinter den Ständen. Ich wusste, dass ich ihn nie wiedersehen würde. Ich setzte mich ins Gras und beförderte mit einem Schlag eine Milbe ins Jenseits, die über meinen Arm spazierte.

Wie viel Zeit verging, wie viele schwere, klebrige Stunden Großmutter und ich mit dem Kirschentöpfchen abmaßen, weiß ich nicht mehr. Am späten Nachmittag kam ich zu mir, beide Eimer waren leer. Leute gingen an uns vorbei. Eis tropfte auf

Sandalen. Instinktiv begann ich an der schmerzenden Stelle an der Innenseite der Hand zu saugen. Großmutter packte ihre Taschen und gab mir ein paar Geldscheine.

«Was bist du denn so missmutig? Da, kauf dir was, es reicht auch für die Diskothek.»

Sie wickelte das restliche Geld in ein Säckchen und steckte es in ein Geheimversteck in einen ihrer sieben Röcke. Wir ließen unsere Sachen bei einer befreundeten Blumenfrau und gingen in Richtung Stadtzentrum. Auf dem ausgestorbenen kleinen Marktplatz traten wir auf weggeworfene Stäbchen von Zuckerwatte und eingeweichte Brezelschleifen. Pfützen von Sauerkrautsaft glänzten auf dem erhitzten Asphalt. An einem Stand aus weißem Sperrholz blieben wir stehen. Großmutter kaufte zwei überbackene Baguettes. Als sie nicht herschaute, warf ich meines in einen Abfalleimer.

Wir gingen direkt zu dem Kaufhaus, das im Volksmund die «Blechbude» hieß. Auf die Pułaski-Straße ergoss sich eine Masse von Arbeitern, die aus der Papierfabrik kamen. An Trinkständen auf kleinen Plätzen röchelten die Kohlensäureapparate. Die Schlangen vor den Bäckereien und Metzgereien wurden länger.

Seltsam fiebrig lief ich durch die «Blechbude», las Transparente, starrte die schiefen Schaufensterpuppen an, ging an Regalen mit Konserven und Essig vorbei, die mit verbleichten Papierblumen und Bastgeflechten verziert waren, betrachtete sowjetische Uhren – Poljot, Zima, Wostok – und auf Tüll gebettete Porzellanfigürchen in Glasvitrinen. Auf der Uhr bei den Kassen war es kurz vor fünf. Der Spreißel mit der weinroten Aureole pulsierte unter der Haut und ließ Gift in einen fünf Zentimeter langen Striemen sickern.

Die Phillumenistin

Das Sammeln von Streichholzschachteln oder Etiketten war schwieriger als der Lauf auf der Strecke Mirów – Bobolice, nächtliche Ausflüge in den Obstgarten des Nachbarn, die Teilnahme am Subbotnik auf den LPG-Feldern, das Sammeln von Makulatur und Schrott oder auch die Wache auf dem Berg Jasna Góra in Tschenstochau. Denn wie soll man mit einer Rasierklinge präzise das vorher ausgesuchte Etikett auf dem Geburtstagstisch ausschneiden, wenn Onkel Janek, der glückliche Besitzer der Streichholzschachtel, noch nicht genügend betrunken ist, damit man sie ihm mopsen könnte, und sich in der Kiste hinter dem Vorhang kein Wodka mehr befindet? Weder die im Familienkreis gesungenen Lieder noch Großvaters Geschichte von dem russischen Panzer, der statt nach Warschau in den Hof der Nachbarin gefahren war, noch Vaters Monologe über den Schmuggel von Schmuck auf den Russlandreisen mit dem «Zug der Freundschaft» oder seine Theorien zur Anwendung von Sulfaten bei der Präparation von Tieren hatten den Onkel einzuschläfern vermocht, also beschloss ich, bis zum Äußersten zu gehen, um das Problem zu lösen: Ich schüttete Pfeffer auf die heiße Herdplatte. Der verbrannte Pfeffer wirkte wie Tränengas, alle Gäste suchten augenblicklich das Weite, und ich konnte mich mit einem Tuch auf dem Gesicht endlich in Ruhe um die Streichhölzer der Marke «Sturm» kümmern.

Mit der Zeit lernte ich, die erspähten Streichholzschachteln mit einem Löffel oder Messer von Tischen, Schrankwänden oder Kommoden abzuheben, eine Angelschnur zu benutzen oder ganz einfach zu warten, bis bei der Silvesterfeier alle zum Ententanz gingen. Doch schließlich ermüdeten mich die Jagd auf die Etiketten und die Scharmützel in den Farben des Staatlichen Zündholzmonopols aus Sianów, Czechowice, Tschenstochau und Bystrzyca.

Eines Tages setzte ich mich in Mathematik in die erste Reihe und war wie vom Donner gerührt. Auf dem Schreibtisch von Herrn Kropik lag eine gelbe Schachtel «Gryf Pomorski» aus Sianów – «64 Streichhölzer, 25 Groschen» – und verlockte mich unbarmherzig. Den «Pommerschen Greifen» hatte ich seit einem Jahr im Blick, und ich hoffte ständig darauf, dass ihn ein Brummifahrer nach dem Mittagessen im *Jupiter* liegen lassen oder Natka Roschenko ihn vielleicht aus dem *Pawian* mitbringen würde, und da – so ein Pech: Jetzt hatte ihn ausgerechnet der Mathematiklehrer, der mich nicht besonders leiden konnte, weil er meinen Namen mit einem Soldaten in Verbindung brachte, der vor Jahren aus der Armee desertiert war. Ich hatte nie zugegeben, dass dieser Pechvogel aus der Militäreinheit in Lubliniec, in der auch der Mathematiklehrer gedient hatte, mein Vater war. Doch Herr Kropik hatte den Verdacht, ich sei die Tochter des verhassten Schützen, und er schien die Absicht zu haben, mir dafür das Leben schwer zu machen, nur wusste er nicht, wie er es anstellen sollte. Denn ich war eine Musterschülerin und Pfadfinderin, ich fuhr zu jedem Wettbewerb des Polnischen Roten Kreuzes und der Freiwilligen Feuerwehr, zu den Einsätzen der Freiwilligen Arbeitstrupps, zur Wache am

Grab des Unbekannten Soldaten in Koziegłowy, zu jeder Olympiade und jedem Pleinair, kurzum – überallhin, wo es umsonst Mittagessen gab. Doch jetzt hatte mich Herr Kropik bei dem Versuch erwischt, mir seine leere Streichholzschachtel anzueignen, und schickte mich mit unverhohlener Genugtuung ins Zimmer der Direktorin.

Zum Glück hatte ich an jenem Tag ein paar ältere Etiketten im Ranzen, die ich im Geschichtskreis zeigen wollte. Langsam breitete ich meine Sammlung auf dem Tisch der Direktorin aus und präsentierte sie als Unterstützung der Wissenschaft. Mit dem Bleistift zeigte ich auf das Etikett der Streichhölzer «Ostgebiete» aus den Zwanzigerjahren und erzählte, wie der Sejm im Jahre 1925 das staatliche Zündholzmonopol an eine von Ivar Kreuger, dem «Zündholzkönig», geführte schwedische Gesellschaft verpachtet hatte, gegen eine astronomische Summe. Natürlich vergaß ich, hinzuzufügen, dass die polnische Regierung von dieser Transaktion profitiert und mit dem erhaltenen Geld den Hafen von Gdynia gebaut hatte, zum Ruhm der Zweiten Republik. Der Direktorin gefielen meine Ausführungen sehr gut, und sie schrieb nur einen kleinen Eintrag ins Klassenbuch.

Einen Monat später lud mich eine Cousine aus Lgota zur Hochzeit ein und teilte mir notgedrungen den in der ganzen Umgebung bekannten alten Junggesellen Romuś Lepiarz als Brautführer zu. Er war etwa dreißig und hatte mich schon beim Kennenlernabend der Brautjungfern und Brautführer angemacht, und während der Lastwagenfahrt in den Wald, wo wir Fichtenzweige für eine Krone der Neuvermählten holten, versuchte er auf der Rückfahrt sogar, mich zu umarmen, aber ich verbarg mich hinter den Zweigen.

Am Tag der Hochzeit steckte ich Romuś, wie der Brauch es wollte, ein Sträußchen aus Freesien und Asparagus ins Knopfloch, und er schenkte mir im Gegenzug eine Schachtel Pralinen und nahm mich mit dem Auto in die Kirche mit. Ich dachte, nach der Messe und dem rituellen Umkreisen des Sankt-Antonius-Altars sei mein Job als Brautjungfer zu Ende, aber leider begann der Zirkus jetzt erst richtig. Ich musste mit Romuś Lepiarz am Tisch sitzen und mit ihm tanzen. Als mir Romuś während des Spiels «Ich habe ein besticktes Tuch, das hat vier schöne Enden» einen verrotzten karierten Lappen vor die Füße warf, der nur entfernt an ein Taschentuch erinnerte, vor mir auf die Knie fiel und mir seinen Schnabel zum Kuss anbot, hielt ich es nicht mehr aus und flüchtete aus dem Saal. Leider holte Mama mich nach einer Viertelstunde wieder herein, sagte, ich solle ihr «keine Schande machen», und zwang mich, bis zum Ende der Feier Lepiarzs Avancen zu ertragen, der mir ständig Wodka einschenkte und mich abwechselnd mit Cremerollen, Rollmöpsen und gefüllten Eiern terrorisierte. Mamas Argument, «keine Schande» zu machen, hätte in jener Nacht nicht auf mich gewirkt, wäre da nicht eine für andere unsichtbare, für mich aber wesentliche Kleinigkeit gewesen: Romuś besaß Streichhölzer mit einem Lajkonik-Reiter vom Orbis-Reisebüro, und genau dieses Etikett fehlte mir zur Vervollständigung der Serie. Der Haken daran war, dass Romuś ständig zum Rauchen hinausging und dabei die Streichholzschachtel mit dem Lajkonik-Reiter in die Jackentasche steckte.

Nach dem aufregenden Match mit einem Kohlkopf, das die Mannschaft des Bräutigams gewann, schwitzte Romuś wie ein Schweinebraten, wischte sich mit dem verrotzten karierten Taschentuch die Stirn, aß einen Hähnchenschenkel, trank drei Runden und ging dann ohne seine Jacke zur Toilette. Ich griff in die Innentasche der Jacke nach der Streichholzschachtel, da stand Romuś plötzlich vor mir wie aus dem Boden gewachsen. Die Schweinshaxe in Sülze zitterte auf dem Teller. Trauben fielen in die Soße. Romuś packte mich am Arm und drückte so fest, dass mir Sternchen vor den Augen tanzten.

«Gehen wir raus», zischte er und zog mich zum Ausgang. Hinter dem Gebäude der Feuerwache blieben wir stehen. Ich war so erschrocken, dass ich mich für alle Fälle am Blitzableiter festhielt. Über meinem Kopf hing ein zusammengeschrumpfter Luftballon. Mein mit Lotion beträufelter Dutt löste sich in der feuchten Luft langsam auf.

«Und was machst du jetzt, du Schlitzohr? Du hast mir den Geldbeutel klauen wollen, wie?» Er beugte sich über mich, ich roch den Gestank von halb verdautem Wodka.

«Nein, nein, ich wollte mir nur das Etikett vom Orbis anschauen, ich schwöre.»

«Was? Welches Etikett? Willst du mir 'nen Bären aufbinden? So betrunken bin ich auch wieder nicht.»

«Romuś, ich sammle wirklich Etiketten. Du kannst fragen, wen du willst!»

Aus der Feuerwache kam ein Reigen von Gästen, und einer der betrunkenen Freunde von Romuś brüllte aus vollem Hals: «Ein verliebtes Pärchen! Ein verliebtes Pärchen!» Romuś winkte ihm freundlich zu.

«Da steht mein Auto.» Er wies auf einen kirschroten Maluch, der am Zaun stand. «Wenn du in fünfzehn Minuten nicht da bist, dann erzähle ich bei der Nachfeier allen, dass du mir den Geldbeutel klauen wolltest.»

Das war zu viel. Ich lief in die Feuerwache, um meine Tasche zu holen, und erklärte meinen Eltern, ich hätte mich am Bigos vergiftet. Ohne ihre Antwort abzuwarten, ging ich an Onkel Lolek vorbei, der schon gut abgefüllt war, an Tante Salomea mit ihrer violetten Dauerwelle und den Kellnerinnen, die dampfende Kutteln auf Tabletts hereintrugen, und eilte nach hinten, wo sich, wie ich wusste, die Abstellkammer befand. Dort schob ich die Helme und die verstaubten Fahnen der Freiwilligen Feuerwehr zur Seite, erreichte ein kleines Fenster, sprang hinaus auf einen Gullydeckel und rannte in Stöckelschuhen durch den Rübenacker direkt nach Hause.

Ich ließ die verdreckten Schuhe in der Diele, machte Feuer im Herd, nahm die Schachtel mit den Etiketten aus dem Schrank und schob die Herdringe beiseite. Ich muss ein für alle Mal Schluss damit machen, dachte ich, diese phillumenistischen Spielchen ruinieren mir sonst die Nerven. Nacheinander warf ich die Etiketten in den Ofen und sah mit einer seltsamen Genugtuung zu, wie sie brannten: Dreißig Jahre Volksrepublik Polen, Nationale Volkszählung, Jahrestage der Freiwilligen Feuerwehr, Monate der Vertiefung der polnisch-sowjetischen Freundschaft, Kampf der Schwindsucht, Reklame für Zefir King Size Menthol, das Staatliche Pressevertriebsunternehmen Ruch, Presto gegen Fliegen, die Kleiderfirma Wólczanka, Kaffee Marago, die Kollektion polnischer Fische, Pilze und Blumen, die ich extra bei einer Kioskfrau in Wojsławice bestellt hatte. Der Geruch von verbrannter Pappe und holzhaltigem Papier weckte Großmutter, sie schaute in mein Zimmer. Bei ihrem Anblick beruhigte ich mich ein wenig, tat die Reste der Sammlung zurück in die Schuhschachtel, legte mich in meinem verknitterten Kleid neben die Katze auf die Couch und schlief ein.

Eine Woche später machte ich mich auf den Weg ins benachbarte Städtchen, um meine einzigen Stöckelschuhe, bei denen in der Nacht der Hochzeit auf dem Rübenacker ein Absatz abgebrochen war, zum Schuster zu bringen. In Koziegłowy traf ich die Cousine aus Lgota, die zum dortigen Kaufhaus gekommen war, um Möbel auszusuchen, die junge Ehepaare auf Kredit bekamen.

«Wiolka, wart mal, Wiolka, was hast du denn mit Romuś gemacht?», fragte sie vorwurfsvoll, und ich lief vor Scham rot an, weil ich dachte, Romuś habe vielleicht doch seine Drohung wahrgemacht und allen erzählt, ich hätte seinen Geldbeutel stehlen wollen. «Der Arme hat sich bei der Nachfeier so betrunken, dass die Jungs ihn aus dem Saal tragen mussten. Sie haben ihn in der Abstellkammer eingeschlossen, wo er bis zum Morgen geschlafen hat, zugedeckt mit einer Fahne.»

Gesammelte Werke

1989 fasste der Ältere Lajboś den Entschluss, zusammen mit den reizenden Oberschülerinnen der Sankt-Antonius-Gemeinde eine Pilgerfahrt nach Tschenstochau zu unternehmen. Natürlich in der Absicht, die Sache möge sich günstig auf die Reifeprüfung auswirken.

Nachdem er die Zeltstadt und das Badehaus in Jasna Góra besichtigt und vom Geschnatter der Mädchen vorerst genug hatte, entschied er sich für einen Besuch in der wissenschaftlich-technischen Buchhandlung bei der Tschenstochauer Philharmonie, wo er auf einem Regal in der Ecke die verstaubten Bände einer Gesamtausgabe von Lenin sah. Der Ältere Lajboś hatte einen Rucksack mit Gestell dabei, denn er hatte auf dem Weg nach Tschenstochau einen halben Tag lang den Proviant der reizenden Oberschülerinnen geschleppt. Sofort beschloss er, die spottbillige fünfzigbändige Ausgabe der *Gesammelten Werke* von Wladimir Iljitsch zu kaufen.

Auf dem Rückweg zur Zeltstadt wurde er hungrig und kehrte ins Wirtshaus Karczma Słupska in der Nowowiejski-Straße ein. Nach einem Doppelbock und zwei Eiern in Mayonnaise befielen ihn Gewissensbisse, weil er sich an seine kranke Tante Jadzia erinnerte, die einsam in einem Wohnblock lebte.

Schließlich hielt er es nicht mehr aus, kaufte sich eine Fahrkarte, stieg in die Straßenbahn und fuhr in die Siedlung

Norden. Eine alte Frau setzte sich auf seinen Rucksack und schlief auf den Werken von Lenin ein. In der Straßenbahn entstand ein großes Durcheinander: Jemand schrie, man habe ihm den Geldbeutel geklaut, jemand anderem rieselten die Kirschen aus dem Korb, es wurde geschubst und betatscht, jemand drohte mit der Polizei. Kurzum, die Fahrt in die Siedlung Norden war kein Zuckerschlecken.

Nach einer Viertelstunde stieg er aus und war ein bisschen betrübt, weil er kein Geschenk für die Tante hatte. Als er hinter der Apotheke eine Ankaufstelle für Makulatur entdeckte, fiel ihm ein Stein vom Herzen. Sofort beschloss er, die Lenin-Bände loszuwerden, für die er ein gutes Dutzend Rollen Toilettenpapier bekam. Kaum trat er, mit dem Klopapier beladen, auf die Straße, hörte er hinter sich eine Stimme:

«Hey, Jungchen, wart mal!»

Er drehte sich um und sah eine Frau aus ihrem Kiosk schauen, auf dessen Tür ein Plakat von Sabrina mit ihren Titten prangte. Die Kioskfrau schüttelte ihre Dauerwelle:

«Wo willst du denn hin mit dem Scheißpapier?»

«Ich geh zu Tante Jadzia», erwiderte der Ältere Lajboś.

«Zu Jadzia Nowak? Der im Parterre?»

«Ja.»

«Wozu braucht Jadzia denn so viel Papier? Die wohnt doch allein. Ich bring ihr Zeitungen vorbei. Verkauf mir wenigstens ein paar Rollen. Ich zahl dir 'n guten Preis.»

Flott wickelte der Ältere Lajboś das Geschäft mit der Kioskfrau ab, und wie sich herausstellen würde, sollte er innerhalb weniger Stunden mit Lenin einen fünffachen Gewinn erzielen. Er kaufte sich ein Hefeteilchen, setzte sich auf eine Bank beim Spielplatz, schaute in die Richtung des Wohnblocks der Tante, dann in die Richtung der Haltestelle. Nach einer halben Stunde war er wieder in der wissenschaftlich-technischen Buchhandlung bei der Tschenstochauer Philharmonie und packte die *Gesammelten Werke* von Lenin in den Rucksack.

Dolce vita

Ich wusch von Hand meine einzige Mawin-Jeans, die ich damals besaß, und legte sie auf das Ofenrohr zum Trocknen. Vater hatte sie mir bei einem Straßenhändler gekauft. In rhythmischen Abständen tropfte Wasser von der Hose auf den Fußboden und hinterließ eine blaue Pfütze. Ich beschloss, die Abwesenheit der Hausbewohner, die zu Tante Salomeas Namenstag gefahren waren, zu nutzen, und machte aus Stühlen und Decken einen provisorischen Wandschirm. Dann leerte ich Wasser aus dem Kessel in die Plastikwanne und badete. Der nach Familienshampoo duftende Dampf schwebte bis zu der rußigen Decke und tropfte auf das goldene Gesicht der Schwarzen Madonna.

Ich konnte den kommenden Tag kaum abwarten, an dem ich Natka Roschenko in ihrem Haus besuchen wollte, das in der ganzen Gegend bekannt war. Es gehörte eigentlich nicht ihr, sondern Cynga, der für ein paar Monate in die DDR gefahren war, um Geschäfte zu machen.

Am nächsten Tag teilte ich nach dem Mittagessen Mutter mit, dass ich mit dem Fahrrad zu Natka fahren würde. Mutter verstellte mir mit ihrem Körper den Weg zur Scheune, wo mein Klapprad stand.

«Da fährst du nicht hin! Das ist eine Schande. Alle im Dorf wissen, was sie für ein Früchtchen ist.»

«Ich fahre. Du fährst auch sonntags zu ihr und kaufst Zigaretten und Blusen aus Ungarn.»

Im ersten Moment sagte Mutter nichts. Überrascht ließ sie mich vorbei.

«Dann fahr doch, fahr, wenn du schon so groß bist! Aber ich will nachher nichts hören!», schrie sie mir entnervt hinterher und drohte mir mit der Faust.

Ich bog vom Weg in die gepflasterte Straße und dann auf die Landstraße, wo mir alle Augenblicke die Fahrradkette raussprang, und wenn ich sie wieder draufmachte, verschmierte ich mir bis zum Ellbogen die Arme.

Vor einer zweigeschossigen Villa an der Hauptstraße von Markowice hielt ich an. In der mit zerbrochenen Glasstücken verzierten Fassade spiegelte sich die Nachmittagssonne, und das Haus sah aus wie ein riesiges, wogendes Aquarium.

«Komm rein, komm! Ich hab neue Etiketten für dich!», rief Natka durch das angelehnte Küchenfenster.

Ich rieb die mit Schmiere verdreckten Hände mit einem Putzlappen ab, der zum Trocknen auf dem Heizkörper hing, zog im Flur die Boots aus, betrat das helle Wohnzimmer und setzte mich auf das cremefarbene Ledersofa. Die Wände schmückten seltsame Kelims und das Bild eines in Rot und Gold zerfließenden Engels.

«Das ist Pryjma-Tamiola», sagte Natka, die in eine Wolke aus Basilikum- und Tomatendüften gehüllt aus der Küche schaute. Sie trug schwarze Jeans, einen Nietengürtel und eine rote Bluse.

«Wer?»

«Dieses Bild ist von Tamiala aus Lemberg.»

«Ah, schön, und wer hat dir das Kochen beigebracht?»

«Ich hab im *Pawian* einen Italiener kennengelernt, der mich oft besucht hat, wenn Cynga nicht zu Hause war», lachte sie, «und dieser Italiener hat mir gezeigt, wie man Spaghetti kocht.»

Natka stellte mindestens zwei Flaschen Wein auf den Tisch. Wir hatten von dem «Sophia» schon ordentlich einen in der Krone, als sie sich über mich beugte, um ein Fitzelchen schwarze Olive zu entfernen, das in meinem Mundwinkel klebte.

«Ich glaube, ich fahre nach Hause.»

«Wieso hast du's denn so eilig? Du wirst doch jetzt nicht mit diesem Schrottrad durch die Nacht radeln? Bleib bis morgen. Wir gucken uns ein Video an.» Statt einer Antwort rülpste ich, dass es im ganzen Wohnzimmer hallte. «Möchtest du vielleicht was anderes?» Sie öffnete eine Bar, wo verschiedene alkoholische Getränke in ausgefallenen Flaschen standen und ein Haufen Süßigkeiten lag.

«Such dir eine Pralinenschachtel aus, komm.» Sie strich über mein Haar und gab mir einen Zungenkuss. Sprachlos blieb ich auf der farbigen Matte stehen.

«Du hast zu trockene Haut. Komm, ich zeig dir, was man da machen kann.»

Natka führte mich schwankend ins Badezimmer. Auf dem glitschigen Boden rutschte sie aus.

«Auf dem Regal findest du Lavendelöl. Mach dir ein Bad, schnell. Das muss man auf die nasse Haut auftragen.» Sie lächelte und verließ das Badezimmer.

Ich sah mich um. Alles glänzte vor Sauberkeit. Die Wände

waren vom Boden bis unter die Decke mit cremefarbenen Kacheln ausgelegt. Ich öffnete das Toilettenschränkchen. Außer der indigofarbenen Flasche von Pani Walewska hatte ich noch nie Parfüm aus dem *Pewex* gesehen, von Lancôme oder Dior. Ein Fläschchen mit dem Schriftzug «Dolce Vita» fiel mir in die Augen; es sah aus wie eine Zuckerdose aus Kristall. Ich sprühte mir etwas aufs Handgelenk. Ein Duft nach Napfkuchen mit Vanille und nach Sommer erfüllte das Bad.

Ich zog unwillkürlich die Jeans aus und warf sie auf die Waschmaschine. Betrunken stieg ich in die Wanne, besser gesagt, ich fiel ins Wasser.

«Ich glaube, ich muss gleich kotzen», sagte ich zu mir selbst.

«Hast du mich gerufen, Wiolka?», klang es hinter der Badezimmertür. «Kann ich reinkommen? Es ist kalt geworden im Haus.»

Ich antwortete nicht. Kurz darauf saß Natka nackt mit mir in der Wanne. Ich spürte ihren stachligen, rasierten Schoß an meinem Hintern. Der dünne, unproportionierte Körper mit den kleinen, dunkelroten Brustwarzen erinnerte im Wasser an einen Käfer mit länglichem Leib, den ich manchmal am Ufer des Teichs sah und an dessen Namen ich mich nicht erinnerte. Er hatte zwei rote Punkte auf den Deckflügeln. Und da schwante mir etwas, eine seltsame Erinnerung an einen gewittrigen Tag kam mir in den Sinn, und ich sah wieder die Spinnen hinter den Bildern hervorspringen. Mir wurde schwindlig. Die auf die Kacheln geklebten Entchen verwandelten sich in gelbe Gnome und streckten ihre ekelhaften, mit Warzen bedeckten Pfoten nach mir aus. Ich sprang aus der Wanne wie von der Tarantel gestochen, zog mich schneller an als beim Weckruf im Pfadfinderlager und rannte aus dem Haus, ohne mich zu verabschieden.

Herrscher über den Schrott

Anfang Juni 1989 wuchsen mir Brüste, und die Jungs aus meiner Klasse begannen mich zu ärgern. Einmal setzte sich der Ältere Lajboś in Musik hinter mich und ließ meinen Büstenhalter schnalzen. Wir spielten gerade auf dem Xylophon die Melodie *Diese Mädels aus Oppeln*. Bei «la» betete ich, dass die blöde Stunde endlich zu Ende gehen möge, bei «sol» fiel mir der Stock aus der Hand, und der Kachelofen aus der Vorkriegszeit brach zusammen.

Als ich nach Hause kam, erzählte ich Großvater die Sache mit dem Ofen. Ohne etwas zu sagen, ging er zum Schrank, stocherte mit einem gebogenen Draht im Schlüsselloch herum, öffnete die quietschende Tür, nahm aus seinem Wintermantel ein Notizbuch und machte ein Kreuzchen in einer Tabelle mit dem Jahr 1934.

«Der Ofen ist kaputtgegangen, aber es war eine erstklassige Arbeit. Zeig mir in Hektary einen anderen Ofen, der über so viele Jahre niemanden mit Kohlenstoffmonoxid vergiftet hat.»

Großvater war unter anderem Ofenbauer und zeichnete die Geschichte aller Öfen auf, die er selbst gebaut hatte. Niemand hätte zählen können, wie viele Öfen er allein in der Sankt-Antonius-Gemeinde aufgestellt hatte. An jenem Abend ging er mit mir aufs Feld und zeigte mit einem Stöckchen auf die Umgebung.

«Siehst du den Rauch aus diesen Schornsteinen? Das sind meine. Ich beobachte sie. Abends stehe ich auf dem Hügel und schaue, wie der Rauch aussieht, ob er gleichmäßig zu den Wolken aufsteigt.»

Nachdem der Kachelofen in unserer Klasse zusammengebrochen war, wurde Großvaters Werk stückweise auf einem Schubkarren abtransportiert und hinter den Mülltonnen abgeladen. Am nächsten Tag waren alle antiken Kacheln verschwunden, nur gelbe Abdrücke waren im Gras geblieben. In der Schule begann man, eine Zentralheizung zu installieren, und alle Klassen hatten gemeinsam Unterricht. In der großen Pause versammelte die Direktorin die ganze Wojsławicer Grundschule zu einem Appell vor dem Gebäude und verlas ein Referat mit dem Titel «Tausend Schulen zum Tausendjährigen Bestehen des Polnischen Staates», das sogar den Hausmeister einschlafen ließ. Danach empfahl sie der Vorsitzenden der Schülerselbstverwaltung die Einrichtung einer Arbeitsgemeinschaft für den Bau der Zentralheizung, die bis zum Jahresende eine Sammelaktion von Schrott durchführen sollte. Dann schaute die Direktorin auf die Uhr, drehte sich auf dem Absatz um und ging in ihr Arbeitszimmer zurück.

Einige Tage danach teilte die Vorsitzende der Schülerselbstverwaltung uns in drei Gruppen auf und verkündete, die Mannschaft, die am meisten sammeln werde, dürfe als Belohnung nach Warschau fahren. Ich kam zusammen mit den Brüdern Lajboś, dem Großen Witek und Justyna in die Gruppe von Hektary. Zu Anfang schleppte jeder von uns altes Metallzeug von zu Hause an. Bei Onkel Lolek, der den ganzen Tag nichts tat außer Pfeife zu rauchen, Nutrias zu züchten und Tauben zu trainieren, klaute ich aus dem Schuppen drei Rahmen eines Klappfahrrads und ein Schutzblech, aber als sich herausstellte, dass unser Schrott-Grüppchen das kleinste war, veranstalteten wir eine Geheimversammlung bei den Hohlblocksteinen und erarbeiteten einen Operationsplan B. Auf einer speziell angefertigten Karte von Hektary markierten wir Punkte, wo wir Schrott sammeln wollten. Zuerst erforschten wir die Scheunen und Dachböden in Hektary, schauten in jede Kammer, jedes Loch, jede Hütte, dann dehnten wir die Suche auf die Umgebung jenseits des Priesterfeldes aus – Świnica, Kolonia, Sarnia und Boży Stok.

Obwohl das Schuljahr seinem Ende zuging, nahm das Schrottsammeln uns voll in Anspruch. Unsere Eltern sagten, wir hätten eine Meise, und gingen uns aus dem Weg. Ich träumte nachts von Alteisen. Es lockte mich in ehemaligen deutschen Bunkern in der Nähe von Zendek, im Innern von Erdhöhlen, Mieten und im Eiben-Reservat. Ich bemerkte jetzt Gegenstände, die früher nicht das geringste Interesse bei mir geweckt hätten. Räder von Dreschmaschinen, Anker, Schrauben, Kotflügel, alte Kabel und Rohre wirkten wie Magnete auf mich. Nach einem Monat hatten wir total den Verstand verloren, wir streunten in Baustellen, Steinbrüchen, leer stehenden Gebäuden und LPG-Feldern herum und schauten in jedes Loch.

Eines Nachts gelang es uns wie durch ein Wunder, über die Rzeniszanka von Świnica nach Hektary überzusetzen, mit einigen Blechteilen, die wir im Schilf versteckten. Durchnässt, übermüdet und mit Spreißeln unter den Fingernägeln gingen wir langsam zu unseren Häusern zurück und hinterließen nasse Fußspuren auf dem gepflasterten Weg. Plötzlich sprang der Dobermann aus dem Tor an der Villa der Direktorin, pflanzte sich vor uns auf wie der Hund der Baskervilles und schnappte mit den Zähnen nach dem Hosenbein des Jüngeren Lajboś. Ich bekam Angst, dass er ihm gleich an die Gurgel springen könnte, also riss ich, ohne viel zu überlegen, eine morsche Latte aus dem Zaun und schlug dem Ungetüm auf den schwarzen Hintern. Der Hund sprang auf mich zu, begann zu knurren und zeigte sein braunes Zahnfleisch. Da ging auf der Veranda der Villa das Licht an, und in voller Schönheit erschien die Direktorin – mit Lockenwicklern auf dem Kopf, in Hausschuhen und im rosa Bademantel – und schrie: «Pikuś, Pikuś, komm her!»

Der Hund wedelte freundlich mit dem Schwanz, zwängte sich durch ein Loch im Zaun und flitzte in den Hof. Wir atmeten auf. Für diese Heldentat bekam ich von den Jungs ein Abzeichen, das in ein Stück Rinde geschnitzt war, und eine große Sonnenblume aus der LPG.

Zwei Wochen vergingen. Wir trafen uns in dem Versteck bei den Hohlblocksteinen. Der Große Witek klebte sich einen Donald-Duck-Stick von einem Kaugummi auf die Stirn und verkündete, wir hätten weniger Schrott als die Mannschaft aus Wojsławice und müssten ins Haus der Balwierka gehen.

«Spinnst du? Dort spukt es doch», sagte Justyna.

«Es kann gar nicht spuken, so lange die Balwierka noch lebt. Ihr habt Schiss, das ist alles», erklärte der Große Witek.

«Ich wette, dass es bei ihr keinerlei Schrott gibt», sagte der Ältere Lajboś.

«Gut, wetten wir. Wenn wir dort auch nur fünf Kilo finden, springst du ins Abwasser.»

«Meinetwegen. Wiolka, schlag durch», wandte der Große Witek sich an mich. Damit sie Ruhe gaben, schlug ich ihre zur Wette verbundenen Hände durch, und wir verließen das Versteck bei den Hohlblocksteinen.

Im Haus der Balwierka tropfte Wasser von der Decke und spielte in der verrosteten Schüssel einen Marsch. Auf dem Nachtschränkchen neben dem Bett standen Fläschchen mit Arznei. Das Linoleum und der Läufer stanken nach Baldrian, Urin und Seifenlauge.

«Guten Tag. Ich komme von Oma Stefania. Erkennen Sie mich?», sagte ich und setzte mich auf den Rand des Bettes, sodass Staubflocken aufstiegen, in einen Streifen Licht fielen und träge wirbelten. Die alte Frau nickte. «Ich habe Ihnen etwas von Oma mitgebracht.» Ich gab ihr eine Tüte mit Keksen. Die Balwierka nahm sie und begann gierig zu essen. Als dic Tüte leer war, schleckte sie den Rest Puderzucker ab, drehte sich auf die Seite, an der ein leinener Wandbehang mit einem aufgestickten See und rosaroten Flamingos hing, und schlief ein.

«Du, Wiolka, was ist mit ihr?», fragte der Jüngere Lajboś.

«Ich weiß nicht. Ich glaube, sie ist eingeschlafen», erwiderte ich traurig.

«Da sie den Einfall eines russischen Panzers überlebt hat, wird sie jetzt auch zurechtkommen», sagte der Ältere Lajboś.

«Hej, schauen wir in den Keller. Vielleicht gibt's dort Schrott», flüsterte der Große Witek.

Wir öffneten die Klappe und gingen nacheinander die Treppe hinunter in den Keller, aber außer zwei Leuchtern, einem Kruzifix und einer löchrigen Metallschüssel fanden wir dort keine Metallgegenstände. Dafür erschnüffelte der Große

Witek in einer Kiste unter dem Heu vier Flaschen hausgemachten Wein. Der Ältere Lajboś entkorkte die Flaschen mit seinem Taschenmesser. Wir gossen den Wein in Marmeladengläser. Das Getränk, in dem Korkstückchen schwammen, war dick wie halbfestes Gelee und schmeckte wie schimmeliges Kompott aus schwarzen Johannisbeeren. Wir setzten uns in einem Kreis auf den Lehmboden und begannen Flaschendrehen und Küssen zu spielen. Der Jüngere Lajboś drehte zuerst, und als der Flaschenhals auf seinen Bruder zeigte, brachen alle in Gelächter aus. Wir spielten bis Mitternacht. Noch nie hatte ich so viele Zungen in meinem Mund gehabt, und am nächsten Tag wurde mir davon kalt an den Lippen.

Am Sonntag suchten wir nicht nach Schrott. Gegen Abend trafen wir uns im Birkenwald, sammelten trockene Zweige und bereiteten ein Feuer für einen Eintopf vor. Den Boden des gusseisernen Topfes rieben wir mit Speck ein, dann legten wir abwechselnd in Scheiben geschnittene Kartoffeln, Mohrrüben, Rote Bete, Zwiebeln, Wurst, Petersiliengrün, Sellerie und Lauch in Schichten darauf, würzten das Ganze mit Lorbeerblättern, Salz und Pfeffer und bedeckten es mit jungem Kohl. Den Topf stellten wir auf eine speziell dafür hergerichtete Feuerstelle aus Ziegelsteinen. Der Große Witek hatte von zu Hause eine Kanne Sauermilch mitgebracht, das unerlässliche Getränk zu diesem Gericht.

«Hat jemand ein Stück Papier?», fragte der Ältere Lajboś, während er sich über das Feuer beugte.

«Ich lauf schnell zu Oma. Sie hat den *Sonntagsgast* unter der Matratze», rief sein Bruder, und gleich darauf war er wieder da, mit einer Zeitung, auf deren Umschlag die heilige Faustina zu sehen war. Der Ältere Lajboś legte trockenes Gras unter das Holz und zündete das Papier an. Der Große Witek lachte und sagte, das sei wohl das Verdienst der heiligen Faustina, denn normalerweise brauche der Ältere Lajboś eine Viertelstunde zum Anzünden des Feuers. Als der Eintopf so zu duften begann, dass jedem Waldi, Teddy und Rex in Hektary das Wasser im Maul zusammenlief, steckten die Jungs Stöckchen durch die Henkel des Topfes und zogen ihn von der Feuerstelle, und dann legten sie auf abgespülte Klettenblätter je eine Portion des weinroten Kartoffelgerichts.

Als wir alles aufgegessen hatten, säuberten wir den Topf mit Sand. Der Ältere Lajboś bestand darauf, mich nach Hause zu begleiten, obwohl es vom Birkenwald zu unserem Feld nur ein Steinwurf war. Wir machten uns auf den Weg Richtung Teich, unterwegs traten wir auf junge Boviste. Der Staub brannte uns in den Augen. Wir rochen beide wie Kabanossi. In der Dunkelheit trafen sich unsere Hände. Der Ältere Lajboś blieb stehen, schaute mich seltsam an, wischte mit dem Ärmel über meine verrußte Sommersprossenwange und reichte mir ein Stückchen Pappe. Ich betrachtete das Geschenk und sprang ihm vor Freude an den Hals. Es war ein Streichholzetikett, das ich lange gesucht hatte – von der Zündholzfabrik ZPZ Czechowice: «Mehr Schrott. Mehr Stahl. 64 Streichhölzer, 25 Groschen.»

«Wo hast du ihn?», fragte er mit gedämpfter Stimme.

«Ich bringe ihn gleich.»

Ich ging zum Zaun, tastete in der Dunkelheit nach der Lücke zwischen den Latten und dem bemoosten Stein und holte ein Glas Butapren heraus, das ich morgens aus Vaters Kiste mit den Sachen zum Präparieren geklaut hatte. Wir setzten uns in die leere Rinne aus Stahlbeton. Der Ältere Lajboś tröpfelte den honigfarbenen Leim in ein Tütchen. Wir schnüffelten abwechselnd. In der dichten, undurchdringlichen Stille hörte ich den Rhythmus meines Blutes. Unter dem Plastik, das sich aufblies und wieder zusammenfiel wie eine weiße Qualle, vermehrten sich Schwärme von Fischen, die mich mit den Flossen in der Nase und der Kehle kitzelten, sodass ich zu kichern anfing. Ich lag unter einer Nylonjacke. Der Ältere Lajboś schmiegte seinen Kopf an meine Brust und begann, mich zu streicheln. Als er seine Hand in meinen Slip steckte, versuchte ich wegzurutschen, aber er hielt mich sanft fest. Die auf den Baumwollstoff gedruckten Blümchen wurden feucht. Ich schaute in den Himmel. Die Deichsel des Großen Wagens pulsierte in metallischem Glanz im größten Schrottplatz des Alls. Ich zitterte, machte die Schenkel auseinander, und als ich den Finger des Älteren Lajboś in mir spürte, hörte ich hinter dem Haselstrauch Mutters Stimme:

«Wiolka, komm rein! Wie oft soll ich dich noch rufen?!»

Nach zwei Wochen Schrottsammeln war unsere Fünfergruppe zum Schrecken von Hektary, Kolonia und Świdnica geworden. Bei jedem konnte plötzlich ein Scharnier am Tor verschwinden, eine Kette, ein Schlüssel, eine Türangel, jedem konnten wir einen Verlust im Haushalt oder im Leben zufügen. Am liebsten streunten wir durch wilde Müllkippen, die die Einheimischen in verlassenen Steinbrüchen eingerichtet hatten; mit dem Hammer nahmen wir alte Lampen und Radios auseinander, jagten in Lagerfeuern Deodorants in die Luft.

Als der letzte Sammeltag näher rückte, sagte der Ältere

Lajboś, er hätte bei seinem Onkel so viel Alteisen organisiert, dass wir es bestimmt nicht tragen könnten, also müssten wir uns von jemandem einen Wagen leihen, um den Schrott in die Schule zu transportieren. Am nächsten Morgen besorgte ich den Wagen von Großvater, mit dem er das Heu vom Feld in die Scheune brachte. Als wir an Ort und Stelle waren, stellte sich heraus, dass der Onkel des Älteren Lajboś tatsächlich einen ganzen Schuppen voller Alteisen hatte. Wir luden alles auf den Wagen, befestigten es mit Seilen, tranken jeder ein Glas frisch gemolkener Milch und machten uns mit unserer Beute langsam auf den Weg nach Hause.

Plötzlich begann der Wagen mit dem Schrott auf den Abgrund zuzurollen. Wir versuchten, ihn zu bremsen, zogen mit voller Kraft an der Deichsel, aber der Jüngere Lajboś schaffte es nicht, ließ los, rutschte über das nasse Gras nach unten und blieb über dem Steilhang hängen. Mit letzter Kraft griff er nach etwas, einer Wurzel oder einem Brombeerstrauch.

«O Gott o Gott!», quietschte Justyna. «Er fällt gleich runter!»

«Schaut euch nicht nach ihm um, sondern haltet fest!», rief der Ältere Lajboś, aber auch er ließ schließlich die Deichsel los und warf sich auf das Gras, direkt neben der Stelle, wo sein Bruder hing, und er streckte die Hand aus, um ihn zu retten.

«Mensch, leg zuerst einen Stein unter den Wagen! Einen Stein, verdammt, hörst du?!», rief der Große Witek.

Der Wagen kam dem Abhang immer näher. Wir konnten ihn nicht mehr halten. Der Ältere Lajboś schaffte es in letzter Sekunde, seinen Bruder hochzuziehen. Wir sprangen fast gleichzeitig weg und ließen die Deichsel los. Der Wagen kippte und glitt in den tiefen, mit dunklem Wasser gefüllten Steinbruch hinab. Unser ganzer erbeuteter Schrott, unser Zugang zum roten Streifen im Zeugnis und zu einem «sehr gut» in Betragen, unsere erträumten Fahrkarten nach Warschau versanken zusammen mit ihm im Abgrund, aber das interessierte uns nicht mehr. Wir lagen auf dem zertrampelten Gras wie mit Wasser vollgesogene Strohfaschinen, verschwitzt, willenlos, mit schmerzenden Händen, aber seltsam ruhig.

«Schluss mit dem Schrottsammeln», sagte ich mit heiserer Stimme.

«Soll die Alte sich den Wettbewerb in den Hintern schieben», beendete der Ältere Lajboś meinen Satz. Die anderen stimmten zu.

Ich schaute zum Dorf hinüber. Die Rauchfahnen von Großvaters Öfen stiegen senkrecht zu den Wolken auf.

Die Sonne über den Feldern überzog sich mit Rost.

Zorros Rückkehr

Wenn Mutter manchmal zu ihrer Schwester nach Kattowitz fuhr, brachte Vater seine Kollegen aus der Papierfabrik zu einer Partie Poker mit. Ich schlief dann im Esszimmer und hatte nichts Besseres zu tun, als die Gespräche von Vaters Gesellschaft zu belauschen, denn die Herren erzählten unglaubliche Geschichten – von Silberfüchsen, von Angelzubehör, von Rambo-Filmen oder Abenteuern beim Militär. Nur Herr Tadek, der aussah wie ein Kirchendiener, nickte immer nur und erzählte nichts von sich.

Eines Nachts, als sich alle schon kaum mehr auf den Stühlen halten konnten, döste ich ein, und als ich weit nach Mitternacht aufwachte, hörte ich die Geschichte von Herrn Tadek, aus der hervorging, dass er alles andere als ein Kirchendiener war, sondern ein in ganz Europa bekannter Taschendieb, der dafür auch verurteilt worden war. 1973 hatte sein Vater sich in betrunkenem Zustand auf eine Schlägerei eingelassen und war für drei Jahre ins Gefängnis gesteckt worden. Die Mutter arbeitete in einem Lebensmittelgeschäft, verdiente so gut wie nichts und kam mit dem Geld kaum bis zum Ende des Monats aus. Als Tadek dreizehn war, versuchte er seiner Mutter zu helfen und sammelte leere Dosen und Flaschen von den Pilgern im Staszic-Park in der Nähe von Jasna Góra. Eines Tages traf er dort einen Gauner aus Lemberg, der ihm einiges beibrachte, das heißt, der aus dem Jungen einen Taschendieb machte. Für den ersten gestohlenen Geldbeutel kaufte Tadek sich einen Berg von Kuchen bei Blikle, und seinen Kumpeln aus der Krakowska schenkte er Zorro-Kostüme. In der Berufsschule lief es bei Tadek nicht gut, aber er war ein fleißiger Schüler des Lemberger Ganoven. Er brachte immer mehr Geld nach Hause, kaufte seiner Mutter eine Lederhandtasche und ein Kostüm und erzählte allen, er verdiene sich in der Schusterwerkstatt eines Bekannten etwas dazu, während er in Wirklichkeit mit dem Lemberger auf den Bahnhöfen von Warschau, Bratislava, Berlin und Wien sein Unwesen trieb.

«Manchmal ist es mir gelungen, in zehn Minuten zwanzig Fleppen zu machen», sagte Herr Tadek zum Schluss, und ich verschluckte mich fast an meiner Halva, so beeindruckt war ich.

Vater kannte Herrn Tadek gut und ließ im Gegensatz zu mir die Geschichten zum einen Ohr rein und zum anderen wieder raus. In jener Nacht hatte Papa kein Glück mit den Karten, immer wieder unterbrach er das Spiel, lief in den Flur und holte neue Gläser mit sauren Gurken oder Pilzen, legte im Ofen nach, überlegte fieberhaft, wie er die nächste Runde vermeiden könne, und zeigte den Kollegen das Kunststückchen mit den verschwindenden Münzen.

Dieses Kunststück hatte ich erst vor Kurzem durchschaut, als ich erfuhr, dass Vater bei einem Drechsler aus Cynków ein spezielles Zloty-Stück bestellt hatte, bei dem die Vorderseite ausgehöhlt war. Sein Durchmesser war ein bisschen größer als der Durchmesser eines normalen Zloty-Stücks, wenn also jemand seine Münzen auf den Tisch legte, musste

Vater nur eine geschickte Handbewegung machen, und schon verschwand die fremde Münze in dem magischen Zloty-Stück.

Leider konnten die Leckerbissen, all die Pilze, Sardinen und Schnecken aus Dosen, Vater nicht retten. Nicht einmal das Kunststück mit dem abgebrannten Streichholz, um das er einen unsichtbaren Faden wickelte, um mit einem präzisen Ruck das verkohlte Köpfchen abzureißen, rettete ihn. Das Spiel ging weiter. Und als Vater nichts mehr zu verlieren hatte, versprach er den Kollegen, jedem drei Felle von Moschustieren zu gerben.

Am nächsten Morgen trank Vater zwei Tabletten Bullrichsalz und wollte sich zur Arbeit fertig machen; er lief durchs Zimmer, warf Flaschen um, öffnete und schloss die Schranktür und verhedderte sich in den Kabeln, die hinter der Schrankwand hervorkamen.

«Um Gottes willen, wo ist mein Geldbeutel?! Ich hatte ihn gestern in der Jackentasche!», schrie er, dass es im ganzen Haus zu hören war und alle Fliegenfänger an den Kronleuchtern zu schaukeln begannen.

«Sei leise, Papa, du weckst ja Opa», sagte ich mit verschlafener Stimme aus dem anderen Zimmer. «Wozu brauchst du deinen Geldbeutel, wenn du sowieso den ganzen Lohn verspielt hast?»

Es wurde still.

«Den ganzen Lohn? Ach, das krieg ich wieder rein, ich habe Habichte zu präparieren ... Aber jetzt muss ich meinen Geldbeutel finden, weil da meine Monatskarte drin ist.»

Die Sache mit der verlorenen Monatskarte erschien mir ziemlich ernst, und obwohl ich unausgeschlafen und mit Geschichten aus der kriminellen Halbwelt gespickt war wie ein

Heft des *Detektivs*, konnte ich mir vorstellen, was in einer Stunde geschehen würde, wenn Mama von ihrer Schwester aus Kattowitz zurückkommen, die Unordnung sehen und Vater zu Hause antreffen würde, noch dazu in diesem Zustand. Ich sprang unter dem Federbett hervor, trank einen Schluck Wasser direkt aus der Syphonflasche und half Vater, den Geldbeutel zu suchen. Wir schauten unter dem Tisch und unter dem Bett nach, im Schrank, beim Kristall und im Kohlenkasten. Der Geldbeutel war wie von der Erde verschluckt.

«Vielleicht solltest du zum heiligen Antonius beten: Gib bitte mir zurück, was ich verloren», rief Großvater aus seiner Stube, worüber ich sehr erstaunt war, weil ich dachte, er begreife schon lange nichts mehr.

«Opa, wie soll das gehen, wenn Papa doch nicht an Heilige glaubt?»

«Ja ja, er glaubt nur an seine Partei. Dann soll er zu ihr beten, vielleicht gibt die Partei ihm den Geldbeutel zurück, den verjubelten Lohn und das Haus in Sosnowiec, dann muss er nicht mehr zur Arbeit gehen.»

«Sei doch still, Schwiegervater. Wie kann man den Menschen so quälen schon am frühen Morgen», kommentierte Vater, setzte sich resigniert auf den Stuhl und legte den Kopf auf den Tisch.

Plötzlich hatte ich eine Eingebung. Ich schaute in das Glashuhn, da entdeckte ich zwischen Marken für Zigaretten Vaters Geldbeutel. Wir sahen nach – es fehlte nichts. Aus dem Sparkassenbüchlein fiel ein Kärtchen mit dem Zorro-Zeichen. Ich wollte es Vater zeigen, aber er griff nach seiner Monatskarte und rannte wie ein Verrückter los zur Haltestelle.

Verspätete Fütterung der Bienen

Am Sonntag, gleich nach dem Mittagessen, wollte Vater die Felle der Moschustiere gerben und schnitt sich mit dem schmutzigen Messer in den Finger. Um die Wunde herum entstand eine orangefarbene Rötung. Als Vater Fieber bekam, seine Lymphknoten anschwollen und sich auf seinem Rücken ein Bluterguss bildete, rief Mutter vom Bürgermeister aus den Notdienst an. Nach zwei Stunden traf ein Krankenwagen ein und brachte Vater wegen Verdacht auf Blutvergiftung mit Blaulicht ins Krankenhaus, wo man – wie Mutter erzählte – sein Blut austauschte und ihm mit einer Spezialpumpe Medikamente in den Bauch verabreichte.

Nach drei Wochen hatte Vater wie durch ein Wunder die Krankheit überstanden, aber als er nach Hause kam, erkannte ich ihn kaum wieder: Er hatte zehn Kilo abgenommen und fast vollständig sein Gehör verloren. Seine Augen waren verblasst, und sein vorher dunkler Teint hatte die Farbe von Meerrettich angenommen. Er bekam L-4-Status und musste eine Zeit lang nicht mehr in die Papierfabrik. Um sieben Uhr wachte er auf, warf sich die Jacke mit dem Tarnmuster über und beobachtete durch das Fenster im Esszimmer den Teich und die Bienenstöcke, die zwischen den kahlen Johannisbeersträuchern standen. Um neun wusch er sich, zog ein Hemd, seinen engen Lieblingspullover mit den schwarz-weißen Rhomben und seine Mokassins an. Nachdem er zwei rohe Eier ausgetrunken hatte, schaute er sich alte Bildbände mit Fischen und Vögeln an, die er zuhauf aus der Makulaturabteilung der Papierfabrik mitgebracht hatte, oder er holte aus der Kiste mit dem Präparationszubehör sein altes Jagdmesser mit dem Griff, der am Ende mit dem Huf eines Hirschkalbs verziert war; er klappte es auf und wieder zu, als spielte er ein Spiel. So war es fast täglich: Er präparierte keine Tiere mehr, er spielte nicht mehr Poker, er ging nicht mehr fischen und richtete immer seltener das Wort an jemanden.

Erst als er in der Zeitschrift *Imkerei* las, dass der Frost in diesem harten Winter viele Bienenstöcke im südlichen Polen zerstört hatte, kehrte Vater wieder ins Leben zurück. Er sprang wie von der Tarantel gestochen von der Couch auf, holte einen verrußten Topf aus der Kredenz, schüttete zwei Tüten Zucker hinein und übergoss sie mit Wasser aus dem Teekessel. Nach einer guten Viertelstunde begann die goldene Melasse zu kochen. Aus dem Topf stiegen Luftbläschen auf und berührten Vaters geschwollene Finger. Die mit Ruß bedeckte Stube erfüllte sich mit dem angenehmen Duft von Karamell. Vater rannte in Hausschuhen hinaus, rutschte auf dem vereisten Weg aus und montierte an den Einfluglöchern der Beuten aus Plastikflaschen geschnittene Futternäpfchen, die er dann zur Hälfte mit dem abgekühlten Sirup füllte.

Nach einer Stunde kam er zurück ins Haus und setzte sich resigniert auf die Couch, die auf den Füßen aus Birkenholz wackelte.

«Ich bin zu spät gekommen, verflixt noch mal», sagte er kläglich und klopfte den Schnee vom Hausschuh. «Ich habe vergessen, sie im Herbst zu füttern, und alle Schwärme sind eingegangen.»

Zum ersten Mal seit längerer Zeit hatte ich Gelegenheit, ihn aus der Nähe zu betrachten, und ich bemerkte, wie alt er in den letzten Wochen geworden war. Er färbte seinen Schnurrbart nicht mehr mit Ruß vom Boden des Wasserkessels und sah jetzt aus, als hätte er sich ein verwelktes Blatt unter die Nase geklebt. Auch hatte er aufgehört, eine Krawatte zu tragen, und seine schneeweißen Hemden wurden muffig im Schrank. Mein forschender Blick schien Vater zu beschämen, und er wandte das Gesicht ab und schaute zum Fenster.

Ich wusste nicht, wie ich ihn trösten könnte. Es tat mir leid, sowohl um Vater als auch um die Bienen, aber ich ließ es mir nicht anmerken. In dieser Zeit schwirrten in meinem Teenagerkopf so viele Dinge gleichzeitig herum, dass ich am liebsten schwieg oder mich heimlich, damit meine Mutter es nicht merkte, zum Medikamentenschränkchen schlich und immer mehr von den nach Minze und Hopfen riechenden Milocardin-Tropfen nahm. Ich holte aus meiner Kiste das Etikett der Danziger Zündholzfabrik – «Die Bienen – deine Verbündeten, 48 Zündhölzer, 30 Groschen» – und schenkte es Vater; dann nutzte ich Großvaters Abwesenheit, den mein deutsches Kauderwelsch immer störte, zog meine Jacke an und ging ins ungeheizte Esszimmer, um dort Vokabeln für die Deutscharbeit zu lernen.

Nach einer Stunde wurden die Wolframdrähtchen in der Glühbirne rot wie zwei Zwillingskometen; sie flackerten und erloschen, aber niemand im Haus beachtete das. Wir hatten uns an ein Leben in ständigem Halbdunkel gewöhnt – entweder der Zähler haute die Sicherungen raus, ein Sturm riss die Stromleitungen herunter oder das Elektrizitätswerk führte die zehnte Stufe der Energieversorgung ein. An jenem Abend saßen wir im Licht des Ofens wie vorsintflutliche, in Bernstein verschlossene Insekten: Vater in seiner neuen Welt der gedämpften Laute versunken, ich von Milocardin und den unregelmäßigen Formen der deutschen Verben benebelt. Über dem heißen Ofenrohr wogte die Luft. Aus dem Aschenkasten sprühten Funken und verschwanden auf dem marmorierten Linoleum wie Meteoriten im dunklen, undurchdringlichen Ozean.

Vater betrachtete nachdenklich die Biene in der symmetrischen Sonnenblumenblüte des Etiketts, das ich ihm geschenkt hatte, und dann riss er ein Blatt von dem Efeu ab, der sich an einem Faden von der Lampe bis zum Türrahmen rankte, und begann darauf eine so ergreifende Melodie zu spielen, dass mir ein Schauer über den Rücken lief. Unter dem Einfluss von Vaters Musik, die ich zum ersten Mal als angenehm empfand, erwachte etwas in mir und riss mich aus der Apathie. Ich roch brennende Wacholderzweige, ich sah ein Zigeunerlager, Menschen, die auf einer Waldlichtung in bunten Gewändern durch brennende Reifen sprangen. Dann hörte Vater auf zu spielen, rollte sich auf der Couch zusammen wie ein Kind und blieb reglos liegen. Am Fenster huschte der Schatten einer Bienenkönigin vorbei.

Unreife Äpfel

Die Leiterin der Ferienkolonie ließ mich an der Straße heraus. Ich wartete, bis der mit Rostflecken gesprenkelte weiße Polonez im Nebel hinter dem *Jupiter* verschwand, wischte mir verstohlen die Tränen ab und ging auf die andere Seite der Kreuzung. Dort bog ich neben einer Reihe von Gartenzwergen nach Hektary ab, passierte die Haltestelle, ging an den alten Frauen vorbei, die an der Straße Pilze und Heidelbeeren verkauften, an der heiligen Quelle, von der nur ein Loch in der Erde und eine moosbewachsene Rinne übrig war. Das Dorf mit den frisch asphaltierten Straßen und den Schildern – Lange Straße, Kristallstraße, Grüne Straße, Feldstraße – erschien mir jetzt fremd; es sah aus, als hätte es jemand mit schwarzen Gummischläuchen zusammengeheftet.

Ich bog in unseren Hof ein. Am Zaun flatterte die Todesanzeige. Auf dem Sargdeckel, der an der Wand lehnte, ruhte sich einen Moment lang ein Kohlweißling aus. Ich hatte Angst, das Haus zu betreten, und setzte mich an das Gartentürchen. Im Laufe der beiden letzten Augustwochen, die ich in der Ferienkolonie verbracht hatte, war das vorher khakifarbene Scheunendach braun geworden.

Schließlich betrat ich die Veranda, stellte den Rucksack neben dem Vorhang ab und sog den Geruch von Majoran und Wachs ein. Es war so still, dass ich die auf dem Speicher gurrenden Tauben hörte. In der Küche wartete Großvater mit Schere und Kamm auf mich.

«Na, da bist du ja endlich. Schneidest du sie mir?»

«Später, Opa. Jetzt bin ich zu k.o.»

«Aber so kann ich doch nicht Wache halten.»

«Zuerst muss ich nach Mutter schauen», unterbrach ich ihn und setzte mich müde auf den Bettrand.

«Nach Mutter? Gut ... Die Fingernägel kann ich selber, aber die Haare? Schneid sie nur am Nacken und an den Ohren ein bisschen.»

«Gut, dann mach, aber schnell.»

«Ja, ein bisschen flott, Mutter kommt gleich.»

Ich warf ihm ein kariertes Geschirrtuch über die Schultern, und wie ich es von Vater gelernt hatte und er wiederum von einem Vorkriegsfriseur im Gefängnis, legte ich den Kamm unter die Haare und schnippelte mit der Schere nach allen Seiten. Die grauen Locken fielen in den Kohlenkasten, und Großvater betrachtete sich aufmerksam im Spiegel und passte auf, dass ich ihm, wie er sagte, nicht die Donauwelle über der Stirn abschnitt.

Da schaute meine blasse Mutter in einem schwarzen Kostüm in die Küche. Man sah ihr an, dass sie die ganze Nacht nicht geschlafen hatte. Ich gab ihr zur Begrüßung einen Kuss auf die Wange.

«Was macht ihr da? Schämt ihr euch nicht? Vor der Totenwache so einen Dreck zu machen?»

«Sei still, sei still, Zosia, ich hab sie selbst gebeten. Ich kann schließlich nicht mit so einer Mähne aufs Begräbnis gehen», erwiderte Großvater.

«Sie hätten dich gestern bringen sollen und nicht erst zur Wache», sagte Mutter kühl zu mir und gab mir die Milocardin-Tropfen. Ich trank sie direkt aus dem Fläschchen.

«Sie wollten erst mal nicht. Es ist ziemlich weit von Masuren.»

«Du hättest von unterwegs die Nachbarin anrufen können.»

«Ich hatte kein Geld für Telefonmünzen.»

«Auf dem Herd steht Sauermehlsuppe. Soll ich dir was geben?»

«Ich hab keinen Hunger.»

«Ich geb dir was, nachher kommen wir nicht mehr dazu.»

Als ich mit Großvater fertig war, ging ich ins andere Zimmer. Die Tür zum Esszimmer war zu. Mutter fing an, eine Reihe von Stühlen an die Schrankwand zu stellen. Auf dem Fenstersims bemerkte ich die Sterbekerze, das Gebetbuch, den Rosenkranz und den Kuchen, der auf Etageren verteilt und mit Servietten bedeckt war. Ich schnappte mir ein Stück Schokokuchen und half ihr, die Stühle aufzustellen.

«Du brauchst dich gar nicht einzuschmeicheln», sagte sie und gab mir mit einem leichten Lächeln zu verstehen, dass sie mir meine Verspätung verzieh.

Ich sah mich im Zimmer um. Alles war an seinem Platz: das Service aus Porzelit, das nur als Zierde diente, denn in der Zuckerdose mit dem abgeschlagenen Henkel bewahrte man Knöpfe und Schrauben auf, das Glashuhn und der Fisch, der Nippes aus Steingut, das Wetterhäuschen mit dem Bauern für Sonne und der Bäuerin für Regen, die aus Espenbast geflochtenen Hähne, die Bücher, die Vater aus der Makulaturabteilung in der Papierfabrik in Myszków gerettet hatte, und die Bierdosensammlung, die als Krönung der Schrankwand diente. Der Fleck an der Decke, dessen Form früher an den Teich hinter dem Haus erinnert hatte, war gewachsen und zu einem Fluss geworden, und sein Delta lief über die Wand und tränkte die Myzelien unter dem Fußboden.

Unser Haus ist ein steinerner Seziersaal, dachte ich. Ein Kühlhaus ist es, mit den blutunterlaufenen Augen des Herdes, und ich habe mich an den Gestank sich zersetzender Tiere gewöhnt wie an den süßlichen Geruch von Brot. Über der Türschwelle hing ein Holzkreuz, aber etwas anderes stellte hier die wahre Religion dar: die hochheiligen Bücher der Zoologie, die Bildbände mit Vögeln und Fischen, gesalbt mit Alaun und Klebstoff, die ausgeweideten Jacken, aus denen die Watte herausgetrennt war und die treu auf dem Grund des Schrankes warteten, bis der Zeremonienmeister nachmittags aus der Papierfabrik kommen, den Tisch mit Zeitungen auslegen und sein Ritual des Präparierens beginnen würde.

Mama gab mir heiße Sauermehlsuppe in einem Töpfchen.

«Trink schnell aus und geh ins Esszimmer.» Sie öffnete die zweiflüglige Tür und schubste mich hinein. «Du musst.»

Ich hatte mir an der Suppe die Lippen verbrannt und blieb an der Schwelle stehen. Auf dem Tisch stand der Sarg: ein schöner Sarg, lackiert, von Kränzen umgeben.

Vater im Sarg? War er das wirklich? Vielleicht war es nicht er, sondern sein ausgestopfter Doppelgänger? Ein vertrockneter Wachstropfen auf dem Revers des Jacketts sah aus wie ein Splitter seines gelben Nagels. Eine Fliege setzte sich auf das spitzenverzierte Kopfende.

«Weg, du Drecksvieh! Willst du dich hier einnisten», flüsterte Mutter. «Ich schau mal nach der Fliegenklatsche in der Kredenz.» Sie ging hinaus.

Ich setzte mich auf den Stuhl neben dem Sarg und berührte Vaters eisige Hand.

Und ich sah den achtjährigen Jungen. Wieder war er nicht in die Schule gegangen und hatte sich im Getreide versteckt; er strich sich die lockigen Haare aus der Stirn, holte die in Pergamentpapier gewickelten Wurstbrote aus dem Ranzen, aber er aß sie nicht, sondern warf Krümel davon den Rebhühnern hin, die im Weizen herumspazierten. Er hob den Kopf, schaute direkt in die Sonne, dann kniff er die Augen mit aller Kraft zusammen, und in den flimmernden Flecken erschien das Gesicht seiner Mutter, die kurz zuvor in Sosnowiec gestorben war. Die Leute sagten, die Grippe habe ihr Herz geschwächt. Auf dem Grabstein aus dunklem Splitt stand die Inschrift: «Sabina Rogala geb. Szydło», dann ein Sternchen und eine Zahlenreihe, ein Kreuz und eine Zahlenreihe. Er konnte sich an ihren schwarzen Zopf erinnern und an die Art, wie sie Brot geschnitten hatte, indem sie den Laib an die Brust presste. Ein Rebhuhn kam näher. Rysiu zog vorsichtig die Jacke aus und warf sie mit Schwung auf das Getreide. Und schon hatte er den Vogel geschnappt, der unter dem Stoff mit den Beinen schlenkerte wie eine Marionette.

Nach dem Tod seiner Mutter war alles anders geworden. Rysiu war kein kleiner Junge mehr. Er wusste, dass sein Vater, ein Milizionär, nachts nicht heimkommen würde. Rysiu schälte sich den Apfel selbst, aß ihn auf, danach aß er die Schalen, und als die Schalen alle waren, lutschte er ein Stück Zucker oder machte Kügelchen aus Haferflocken. Am Tag darauf kam die Nachbarin und gab Rysiu eine Scheibe Brot mit Schmalz. Danach kam eine Dame mit einer Mappe und brachte ihn mit dem Bus aufs Land zu den Großeltern Szydło, die am Waldrand wohnten, in einem Holzhaus, das mit Pappe gedeckt war. Wie klein die Fenster in diesem Haus waren. Aus den Betten, die mit muffigen Federn gefüllt waren, schaute das rote Futter hervor, und als Rysiu die Masern bekam, schlief er unter den unbezogenen Betten, weil Großmutter sagte, das Rot ziehe das Fieber aus dem Körper. In der Nacht hatte Rysiu Angst, rief nach der Mama und musste dann auf dem Fenstersims schlafen, mit einer Pferdedecke und frischen Walnussblättern zugedeckt, damit die Wanzen ihm nicht zusetzten. Nach Weihnachten holte Großvater seinen Lammfellmantel aus der Kammer. Rysiu wollte ihn nicht anziehen in die Schule, aber Großvater bestand darauf.

«Na, du Schafskopf!», riefen die Kinder ihm nach und bewarfen ihn mit Schneebällen.

Der Frühling kam. Großvater Szydło weißte die Wände. Die Wanzen hatten aufgehört, Rysiu zuzusetzen, und in der Schule hauten ihn die Kinder nicht mehr, weil er so schön zeichnete, dass manche seine Tierskizzen mit nach Hause nahmen und ihn baten, ihnen neue zu zeichnen. Sonntags ging er mit Großvater in den Wald, wo sie Kiefernstämme anschnitten, das Harz in einem Blechbecher sammelten und Schlingen für Hasen legten. Großvater schnitzte für Rysiu Rindenschiffchen, die sie auf dem Grünen See schwimmen ließen. Großvater Szydło war wohl der klügste Großvater auf der Welt: Er konnte mit den Tieren reden, er wusste, welcher Pilz giftig und welcher ein Steinpilz war. Zusammen brieten sie Kartoffeln im Feuer. Eines Tages zeigte der Großvater ihm in einem Baumloch den Bau eines Marders. Rysiu steckte die Hand hinein und tastete im Flaum nach dem warmen Wurf. Er hätte gern sein Leben gegen das eines Marders getauscht, hätte gern im Wald gewohnt und mit den Tieren Vogeleier und Kaninchenhöhlen geteilt, aber er lief trotzdem hinter Großvater her, denn es war dunkel geworden. Später musste er ständig hinter jemandem herrennen, und alles verflog so schnell wie in einem amerikanischen Film. Immer fehlte es an Zeit und an Geld. Rysiu war ständig auf Achse – um das Geld für Schuhe und für den ersten Anzug zu verdienen, um den Militärdienst zu überstehen, um sich einen Motorroller zu kaufen, um Zosia zum Tanzen einzuladen. Er musste es zur Prüfung für die Agrar-Fachschule schaffen, zur Trauung, zur Taufe, zur Nachtschicht.

Zwanzig Jahre waren vergangen. Wir fuhren zusammen mit dem Bus nach Myszków: Vater in die Papierfabrik, ich in die Bücherei, um zu lesen. Papa schlief auf dem hinteren Sitz ein; er hatte den Kragen seiner Jacke hochgestellt, denn im Morgengrauen war es frisch.

«Seltsam, das Leben», sagte er plötzlich zu mir, als der Bus in die Pułaski-Straße einbog. «Kaum hab ich mich in der Welt umgesehen, da nennen die Leute mich schon einen alten Mann, dabei bin ich innen noch wie ein unreifer Apfel.»

Ende August fuhr er eines Sonntagmorgens mit dem

Fahrrad zum Fischen. Er warf die Angeln über dem Grünen See aus, schlief ein und erwachte dann, weil sein linker Arm seltsam steif wurde und er ein Brennen in der Brust spürte. Der bunte Schwimmer, den er aus Schaumstoff geschnitzt hatte, hüpfte im Wasser, aber niemand beobachtete ihn. Bevor die erste Schleie anbiss, bevor es Mittag wurde, war der fünfzigjährige Junge tot.

Neonlicht über dem *Jupiter*

Am Morgen weckte mich ein seltsames Geräusch, das an das Gurren einer Taube erinnerte. Ich machte die Augen auf, und das Gurren wiederholte sich. Da sprang ich aus dem Federbett, öffnete das Fenster ein Stück und schaute hinaus. Auf dem Stumpf des Apfelbaums am Teich saß der Ältere Lajboś in einer Aureole von Johanniskäfern.

«Was machst du hier?», fragte ich verschlafen.

«Ich haue ab aus Hektary. Kommst du mit?»

«Wohin?» Ich machte einen Knopf an meinem Flanellschlafanzug zu.

«Mein Alter hat Arbeit im Bergwerk gekriegt, und am Samstag ziehen wir in einen der Wohnblocks.»

Allmählich kam ich zu mir. Ich war verärgert, dass der Ältere Lajboś mich so früh geweckt hatte, gerade, als ich meinen Lieblingstraum von dem Pleinair in Lubliniec träumte, an dem ich in den Winterferien vor ein paar Jahren teilgenommen hatte. Ein weißer Falter mit grauen Flecken schleppte sich über die beschlagene Fensterscheibe. Er erschien mir irgendwie kümmerlich, ich erschlug ihn mit dem Hausschuh. Dann zog ich meine Jeans und eine Jacke an, warf zwei Packungen Cracker in den Rucksack und sprang durchs Fenster in die Brennnesseln. Ich setzte mich neben den Älteren Lajboś auf den Baumstumpf.

«Hast du wieder geschnüffelt?»

«I-I-Ich bin sauer auf die Alten», stammelte er. Er rückte näher an mich heran und versuchte mich zu umarmen, aber ich stand auf.

«Ich kann hier nicht lang sitzen, sonst erkälte ich mich, also fass dich kurz. Wohin hauen wir ab?»

«Ich hab ein bisschen Geld von Flaschen gesammelt. Wir fahren nach Tschenstochau, zu Tante Jadzia, dann sieht man weiter. Vielleicht zum Hauptbahnhof in Warschau?»

«Du hast Glück, Junge, dass Mama letzte Nacht vergessen hat, Teddy von der Leine zu lassen, der hätte Hackfleisch aus dir gemacht.»

«Was?»

«Ach, nichts, nichts. Wenn wir gehen wollen, dann lass uns gehen.»

Wir gingen schweigend Richtung Świnica, hinter dem sich die von Fernlastern ausgefahrene Landstraße schlängelte. Wir gingen langsam wie nach der Christmette, wie mein Vater, wenn er sonntags vom Fischen oder von einer Partie Poker zurückkam, wie der Vikar nach der Erteilung der Letzten Ölung, wie Großmutter, wenn sie den Kinderwagen vom Feld nach Hause schob, in dem statt ihrer erstgeborenen, früh verstorbenen Tochter ein mit einem Tuch bedecktes Bündel reifer Mohnkapseln lag. Voller Zweifel schleppten wir uns durch die Rübenäcker, durch die blau schimmernden Kohlfelder, durch das Getreide mit verborgenen Mohnbeeten und traten die grauen Bällchen der Pusteblumen nieder. Brombeeren zerkratzten unsere Füße. Bremsen stachen. Wir zwängten uns durch Gestrüpp, Kletten, Kalmus; durch mit Kornblumen inkrustierten

Roggen stapften wir in einer Art Raserei, stolperten über schief in die Erde gerammte Pfosten, Kalksteine, dampfende Heuhaufen. Unsere Turnschuhe und Hosenbeine waren durchnässt vom Tau, aber wir gingen weiter den Rain entlang, neben dem kleinen Tal mit der Eiche, wo früher ein Bach geflossen war und wo – was nur ich wusste – vor dem Krieg Jadzia von den Nowaks ihren halbwüchsigen Mörder mit dem Muttermal auf dem Rücken getroffen hatte, wir gingen durch die ausgelaugten Sonnenblumenfelder, die einst im Rahmen der Subbotniks von Frauen, die man jeden Sonntag mit einem Bus ankarrte, gejätet worden waren, wir gingen durch die pestizidverseuchten Paradiese der Vögel und verdreckten Kinder, Paradiese, die Gienek, der Mähdrescherfahrer, jeden Tag durchmaß, wenn er vom *Jupiter* zurückkehrte.

«Wenn es sich aufhellt, nehmen wir den Bus», murmelte der Ältere Lajboś, aber ich hörte ihm nicht zu. Gebeugt ging ich und versuchte nur an eines zu denken: nicht in einen Kuhfladen oder eine Falle treten. Die Sonne betrachtete sich immer kühner in den Spiegeln der Lehmgruben, der Teiche und der überschwemmten Steinbrüche. Alle Viertelstunde blieb ich stehen und aß ein paar Cracker aus dem Rucksack. Der Ältere Lajboś wollte nichts essen, er hielt nur immer häufiger das Tütchen mit dem Klebstoff an den Mund.

Schließlich kamen wir zu der Haltestelle. Der Ältere Lajboś legte sich auf die Bank in der Nische, den Kopf auf dem Rucksack.

«Ich muss ein bisschen schlafen, weil es mich schüttelt. Weck mich, wenn der Bus nach Tschenstochau kommt. Okay?» Er sah mich mit blutunterlaufenen Augen an. Ich nickte und las ihm die Inschriften an den Wänden der Haltestelle vor: «Ich liebe Kasia. Legia ist Scheiße. Der Winter gehört euch, der Frühling uns und der Sommer den Mumins.» Um einen halb vertrockneten, mit Zeitungsfetzen bedeckten Haufen saßen Fliegen. Ich ging hinter die Haltestelle und begann vor Hunger an den süßen Blüten des Klees zu saugen. Der Bus nach Tschenstochau kam, aber ich hielt nicht die Hand hoch. Teilnahmslos blickte ich auf die Felder, die Landstraße und die Dolomitgrube.

Auf der anderen Seite der Straße rollten zwei Männer in reflektierenden Jacken den löchrigen Reifen eines Traktors. Über dem *Jupiter* ging das indigoblaue Neonlicht an. Da dachte ich an meine Mutter, die seit Vaters Tod immer aufstand, wenn dieses Licht anging. Sie zog dann den Morgenrock über ihre Trauerkleider, machte sich einen Malzkaffee mit Milch, schaute zu meinem kranken Großvater rein und danach ins Esszimmer, wo ich mich eingerichtet hatte und unter dem Bild «Jesus lehrt vom Schiff aus» auf der Couch schlief.

«Steh auf, es ist sieben, du musst in die Schule», flüsterte sie dann, stellte einen Becher mit schwachem Tee auf das Nachttischchen und zog mir die Bettdecke weg. Was wäre, wenn sie statt ihrer Tochter drei ordentlich drapierte Kissen im Bett fände? Würde sie sich, völlig fertig, auf den Stuhl fallen lassen, neben der Tür, die mit Plakaten von «Republika» und «Perfect» beklebt war, oder würde sie aus dem Haus laufen, um mich zu suchen?

Ich betrachtete den Älteren Lajboś. Er atmete schwer. Sein pickliges, blasses Gesicht erinnerte an einen schliefigen Hefekuchen. Aus seinem Mund rann Speichel. Aus seiner Tasche hing das Tütchen mit dem Klebstoff wie ein gebrauchtes

Kondom. Ich konnte nicht länger mit ihm an der Haltestelle warten. Ich band mein zerzaustes Haar mit dem Gummi aus einem Stück Schlauch zusammen, das ich immer in der Jackentasche hatte, zog die durchnässten Turnschuhe aus und lief barfuß nach Hektary zurück.